LA PEINE DE MORT

PAR

COURTAT

QUATRIÈME ÉDITION

PARIS
HENRI DELAROQUE, LIBRAIRE,
QUAI VOLTAIRE, 21.

LA

PEINE DE MORT

PAR

COURTAT

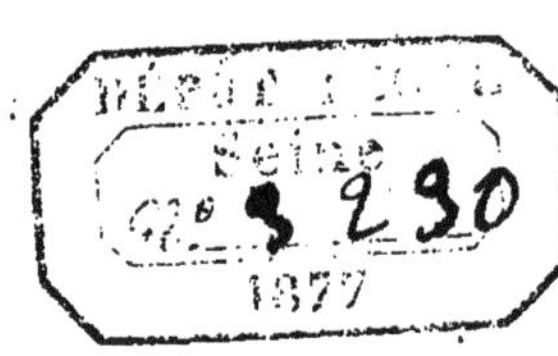

QUATRIÈME ÉDITION

PARIS
HENRI DELAROQUE, LIBRAIRE,
QUAI VOLTAIRE, 21.

PRÉFACE

Cette quatrième édition contient six cent seize vers de plus que la troisième. Je les ai tous indiqués, pour sauver aux lecteurs de la troisième l'ennui de me relire. Elle s'élève presque au double de la première. Je lui ai donné ce considérable accroissement pour y comprendre, surtout les épisodes de Claude Gueux, de la femme Doise-Gardin, de Federico Alieno da Paterno, de la Commune, etc., les plus intéressants de mon opuscule.

On s'étonnera peut-être que j'aie rimé tant de lignes de prose sur une question où ne se rencontrent en réalité que quatre points à débattre :

La société a-t-elle le droit de mettre à mort un de ses membres ?

La peine de mort sert-elle à diminuer le nombre des crimes qu'elle est destinée à châtier ?

La crainte de faire périr un innocent par une erreur judiciaire doit-elle la faire proscrire?

La religion la défend-elle?

La nécessité d'appuyer mes théories sur des exemples m'a entraîné à ces longs développements.

La forme, bonne ou mauvaise, de mon œuvre m'appartient, seule. On y retrouvera les objections, les déclamations reproduites depuis longtemps, et toujours les mêmes, contre LA PEINE DE MORT...

Je n'ai rien inventé, rien dissimulé. Jamais polémiste n'a été plus fidèle, au profit de ses adversaires, à la bonne foi qui est son premier et son plus difficile devoir.

LA

PEINE DE MORT

POËME

L'IMAGINATION, seule.

Tigres, honneur et gloire à votre humanité !
Les hommes, ces enfants de la Divinité,
Perdirent dès Caïn, perdirent par le crime
Tous leurs droits à ce mot pour eux en vain sublime,
Et, du jour où le ciel eût dû les foudroyer,
L'animal a conquis le droit de l'employer.

LA RAISON, entrant sans être vue.

Que dit-elle, mon Dieu ? Dès que je l'abandonne,
Elle chante au hasard, elle fausse ou détonne ;
Mais voyons où sans moi s'emporte son ardeur.
Elle me croit bien loin. Laissons-lui cette erreur ;
Laissons-lui les périls de son indépendance :
Elle va se lancer en pleine extravagance.
Des penseurs c'est ainsi qu'elle a tous les dédains :
Pour eux, ses favoris ne sont que baladins.

(La Raison se cache.)

L'IMAGINATION, se croyant toujours seule.

Dans la société vit un fonctionnaire
Assassin à patente, assassin ordinaire,
Officiel, renté, charmant au potentat,
Logé parmi les lois, assassin de l'État,
Mandé dans certains jours, assassin du supplice,
Qui pour engins de mort a les bois de justice,

Qui travaille en riant, et tue en plein soleil,
Après une nuit calme, un homme à son réveil,
Par procuration qu'une nation donne,
Cum privilegio legis... — Dieu ! je frissonne. —
Son crime décrété par le législateur,
Que délibère ensuite un juré sans pudeur,
Et qu'ordonne le juge, et que consent le prêtre,
Et que le soldat garde, et que, pour s'en repaître,
Contemple un peuple lâche, est de tous ces impurs,
Tous complices, le crime en ses replis obscurs.
Et me faut-il nommer l'être vil, l'être immonde
Qui concentre en lui seul leur rage furibonde ?
On le nomme... BOURREAU ! ! ! Déshonneur social,
Vomissement d'enfer, ce monstre jovial,
Dont, par un sûr instinct l'humanité s'éloigne,
Vit avec ses petits. Il les aime ! il témoigne
A sa femelle infâme un délicat amour !
Martyrisant, tuant, torturant tour à tour,
Il rapporte en sa bauge un aimable sourire.
N'est-il pas délecté des terreurs qu'il inspire ?
N'est-il pas la colonne où la société,
Telle que la conçoit plus d'un esprit vanté,
Croit toujours raffermir sa base chancelante ?
N'est-il pas une faux que Dieu même ensanglante ?
N'est-il pas dans l'État le compagnon, l'égal
Des gendarmes et, plus, des gens du tribunal ?
Ne figure-t-il pas le fait contradictoire,
Colossal, monstrueux, le fait blasphématoire,
La peine capitale étalant à grand bruit
Assez d'une justice où l'enfer se produit
Pour contenter la foule au couteau pantelante,
Assez d'une injustice où le ciel s'épouvante
Pour jeter au penseur et le doute et l'effroi ?
— Admirez, admirez les jongleurs de la loi !

La Cour d'assise est là. — Le rouge au front me monte
— Un magistrat superbe en dirige la honte;
Il commence une chaîne à son fatal bureau,
Par son anneau suprême attachée au bourreau.
Il a pour assesseur, que dis-je? pour complice,
Un être tout pétri de ruse, de malice,
Le monstre défenseur de la société,
Ennemi du coupable, à le perdre exalté,
Perfide au prévenu, comme il l'est à la langue,
Imposant au public son ignoble harangue,
Son pathos où le goût est toujours avili,
Où pas un lieu commun ne demeure en oubli,
Où fuyant la pensée, où bavard pédantesque,
Il aspire au sublime, et tombe en plein grotesque,
Et dégrade un jury, s'il en peut obtenir
Par un assassinat la tête d'un martyr.
Mais pardonne, ô bourreau, ma parole imprudente.
En tenant un des bouts de la chaîne sanglante,
Tu n'es qu'un instrument. Malheureux! je te plains :
Ton crime est pardonné. Quand tu souilles tes mains,
Quand sous le couperet, pour ce peuple qui houle,
La tête du proscrit sur ton échafaud roule,
Le vrai coupable est loin : il est au tribunal,
Sous prétexte du bien, adorateur du mal,
Fangeux dans ses plaisirs et charmé de sa fange ;
Pour lui la guillotine est un besoin étrange!
Il vole à Dieu le droit et de vie et de mort;
Il vole au condamné sa chance de remord,
Les jours qu'il lui fallait, et qu'il faut au saint même,
Pour l'expiation, avant l'heure suprême;
Sur le Christ, sur Socrate, et sur aucun martyr,
Sans le droit de tuer, aurait-on à gémir?
Tigres, si vous vivez en paix avec les vôtres,
De l'infâme raison les infâmes apôtres

Ont à s'entr'égorger leur suprême bonheur.
Le monde est assez grand pourtant. Le Créateur
D'assez d'air le remplit pour toutes les poitrines
Qui devaient y puiser comme aux sources divines.
A la mort d'un semblable aurait-on double part,
Ou l'air s'épure-t-il, en secouant la hart,
En tuant, massacrant, en formant, goutte à goutte,
La mer de sang humain où chaque peuple ajoute?
Voyez le condamné, ministres du trépas.
Quand vous fixez le jour qu'il ne franchira pas,
Il entre dans la mort, dans la mort à distance,
Où plus l'heure décroît, plus s'accroît la souffrance.
Sans amis, sans parents, sans appui, sans secours,
En un cachot sans air, sans issue, à murs sourds,
Ignoré du soleil, effroyable sentine
Où loin de la clarté fourmille la vermine,
Il tombe à la lueur d'un sombre lumignon.
Féroce jusqu'au bout, la loi pour compagnon
Lui donne un gardien : il en devient la chose,
Et d'un lucre d'enfer il est pour lui la cause.

Le supplice commence : il se croyait au moins
Un droit à préparer son linceul sans témoins;
Il se croyait, au moins, un droit au sombre charme
De verser en famille une dernière larme,
D'adresser loin de tous sa prière au Seigneur.
Non, de ses derniers jours il distille l'horreur
Sous l'œil d'un ennemi qui le doit faire vivre,
Jusqu'à ce qu'au bourreau, sain et sauf, il le livre.

Après l'effroi du jour, le cauchemar, le soir,
Sur sa poitrine vient, en ricanant, s'asseoir.
Il se voit en squelette; il déchire de l'ongle
Et dévore sa chair: avec ses os il jongle...

Horreur! — La scène change. — Il se voit au gibet,
Et sur lui ses enfants lancent le quolibet,
S'accrochent à ses pieds! Les monstres parricides,
Impuissants à tuer, en retombent livides...
Horreur! — La scène change. — Il voit des échafauds;
Sur l'un son père monte, et saisit une faux;
La tête du dormeur en rebondissant roule;
Lui-même il la ramasse, et la jette à la foule...
Horreur! — La scène change. — Il voit un bourreau seul,
Puis deux femmes cachant leur tête en un linceul;
L'homme les déshonore et le linceul s'enlève...
Le dormeur reconnaît ses filles qu'on achève!...
Il se réveille enfin, bondit sur son grabat,
Et contre l'invisible, en délirant, combat.
La raison lui revient... sur lui fond la démence.
Au suicide il court, contre un mur il s'élance;
Il s'y voudrait briser... Hélas! le gardien
Qui le couvait des yeux, qui pour suprême bien
Lui promet l'échafaud, sur lui lâchement tombe,
Et dans la camisole où la force succombe,
A l'état de momie, ensevelit vivant
Le martyr de la loi, sa honte trop souvent.

La maladie un jour à la mort le convie :
L'alarme se répand. Pour lui sauver la vie,
Promise au couperet, accourt un médecin
Qui s'acharne sur lui, qui, réel assassin,
Le rend à la santé : sur la place publique
Il veut pour son malade un sanglant viatique!

Esclaves de la loi, pour son dernier réveil,
D'honnêtes artisans à l'infâme appareil
Ont rendu la lumière. Ils dressent l'agonie;
Mais la société, riche d'ignominie,

Courageuse en forfaits, et lâche à les montrer,
Dans le haut d'un faubourg cache, sans l'épurer,
Le théâtre où la mort, l'universelle actrice,
Pour un joyeux public doit jouer au supplice.
En sursaut réveillé, le proscrit a connu
Que du drame sanglant le moment est venu.
Il marche environné d'une immonde cohorte;
Du calme à la fureur, à la rage il s'emporte;
Il fond sur ses bourreaux, les frappe, les abat;
Mais au nombre il succombe, et l'horrible combat
Finit quand la victime avilie, épuisée,
Se soumet aux valets, et leur sert de risée.

Un autre acte commence. Un prêtre insouciant
Du ciel au condamné vient parler en bâillant.
N'a-t-il pas dans la pièce à redire son rôle,
Les consolations commençant à la geôle,
La prière en chapelle, et le baiser final,
Après le crucifix, avant le coup fatal?
Il témoigne au bourreau, son trop digne acolyte,
Une sorte d'amour qui n'a rien d'hypocrite;
Du pouvoir clérical ne voit-il pas en lui
Dans une heure propice un nécessaire appui?
Toujours il adoucit pour lui sa face altière;
Il en souffre la main jusqu'en sa tabatière!
Et dans l'ignominie à plaisir se plongeant,
Aux aides il adresse un sourire engageant,

LA RAISON, toujours cachée.

Eh! c'est faux mille fois. Contre le sacerdoce
D'où peut donc lui venir cette haine féroce?
Ce n'est pas se tromper, mais c'est calomnier.

L'IMAGINATION, reprenant.

Abandonnons ce prêtre indigne de prier.
— J'oubliais la toilette, équivoque sanglante,

Équivoque infernale, où la langue indigente
Oblige les bourreaux à caricaturer
Un mot qu'elle voulut au plaisir consacrer.

Le cortége est en marche : on passe au dernier acte ;
L'échafaud se gravit et la foule compacte
Pousse comme un seul homme une immense clameur.
Voyez et déplorez, dans ce comble d'horreur,
L'enfant, la femme, au sang tremblant comme la feuille,
Mais pourtant délectés. Dans eux l'État recueille
Son juste châtiment. Comme au peuple romain,
La mort leur est, en scène, un plaisir surhumain.
Le bourreau triomphant croit finir le spectacle ;
Il a lâché la corde... Épouvante!! un obstacle
Sur le cou qu'il entaille a suspendu le fer;
Le condamné rugit, se croyant en enfer.
On crie : Il tombera! — Majestueuse foule!
— Il ne tombera pas! — Et toujours le sang coule!
Le couteau se relève et retombe cinq fois!
La victime a vaincu ses bourreaux aux abois :
Ils ont fui SANS TUER? Le plus jeune s'élance,
Comme pour lui sauver sa mourante existence;
Mais le perfide cache une arme de boucher,
Et du supplicié qu'il se met à hacher
Coupe un restant de tête.... Et, dans ces saturnales,
L'enthousiasme éclate en cris de cannibales!

Grand Dieu! lance ta foudre : il était INNOCENT!
Ce n'est pas un proscrit sur qui la loi descend :
C'est un nouveau martyr s'ajoutant à mille autres.
De la peine de mort les vertueux apôtres
Ont agrandi l'erreur jusqu'à l'assassinat!
Au coupable ils craignaient que l'on ne pardonnât,
Et leur illusion, où l'absurde étincelle,

Au juste, à l'innocent, est aujourd'hui mortelle !
Lesurques et Calas, Martin et Monbailli
(Taisons-nous sur nos temps : ils n'ont que trop failli !
Voulaient-ils de l'Enfer encore un faux oracle,
Voulaient-ils augmenter leur funèbre cénacle?
Pour tout vrai philanthrope, et pour tout esprit sain,
Entre le scélérat et son juge assassin,
La seule différence est qu'à pas de tortue,
Avec cérémonie, un juge marche et tue,
Et que le scélérat, aussi prompt que l'éclair,
Évite l'agonie aux victimes du fer.
Féroce genre humain, le sang est le breuvage,
Le seul, qui puisse éteindre ou modérer ta rage.
Quand l'un des tiens élève au crime un vil autel,
Tu dois aux vertueux l'écart du criminel,
Et, par un châtiment qu'à toute heure on contemple,
Tu dois aux indécis un redoutable exemple.
Si la foule perverse au couteau vient frémir,
Pour elle il n'est bientôt qu'un pâle souvenir;
Mais de chaînes lié, dans un travail immonde,
Sans repos, sans sommeil, épouvantant le monde
Pour avoir violé la grande loi d'amour,
Si chaque condamné jusqu'à son dernier jour
Demandant l'échafaud en suprême allégeance,
Sous les yeux de la foule épuisait la souffrance,
Combien ce châtiment, moins sinistre d'abord,
Qui, loin de l'avancer, reculerait la mort,
Serait au vrai coupable un plus affreux supplice !
Il laisserait possible aux erreurs de justice
La réparation impossible aujourd'hui...
De ce monde insensé la Raison pure a fui!
Que du bandit l'État doucement se défende;
Par de bons traitements, avant tout, qu'on l'amende
Des plus grandes clartés qu'il soit illuminé;

Par l'ignorance au crime il fut prédestiné ;
A son expansion il fallait un théâtre,
Et la société, pour lui d'abord marâtre,
A cette heure lui doit la réparation,
Le flambeau trop tardif de l'éducation !
Ses grandes facultés, sa puissante nature,
A l'étroit dans les lieux où l'on pèse, mesure
Les dons venant du ciel, mais fatals pour autrui,
Firent explosion : que d'excuses pour lui !
Gibet, couteau, bourreau, tourment, torture, chaîne,
Cachot, supplice, engins de martyre et de haine,
Fuyez, disparaissez aux sombres profondeurs !
La lumière apparaît ; qu'après tant de fureurs
Commence enfin le jour de la mansuétude ;
Qu'au lieu du châtiment se propage l'étude.
Plus grands sont les forfaits, et plus est solennel
Sur la société le droit du criminel (1) ;
Mort à la mort ! Partout que ce cri recommence !
Ce cri qu'on étouffa, comme un cri de démence,
Mille voix aujourd'hui montant à l'horizon,
Le répètent en chœur, comme un cri de raison.
Augmentons les flambeaux, supprimons les supplices ;
De l'ignorance est né le crime après les vices.
Mais, hélas ! l'Etat vit par la férocité,
Tigres, honneur et gloire à votre humanité !

(Elle tombe épuisée sur un siége.

LA RAISON, à part.

Quel violent accès ! Elle deviendra folle.
Soumettons-la pourtant à ma rude parole.

(Haut.)

— Imagination !

L'IMAGINATION, se relevant.

Tu rentres au logis ?

(1) Suivent 4 nouveaux vers.

Quelle toilette, ô ciel ! pour nous deux j'en rougis.

LA RAISON

J'aime les beaux tissus et les simples toilettes ;
Mais je hais ton clinquant, tes robes à paillettes,
Trop courtes par le haut, trop courtes par le bas,
Qui sentent le champagne et les plus vils combats,
Tes bijoux toujours faux, tes folles pendeloques,
Ton absence de goût, et ton luxe de loques.

L'IMAGINATION, avec colère.

C'est me traiter, Raison, par trop insolemment.

LA RAISON

Tu me traitas plus mal. Dans ton emportement
Tu m'appelas « infâme ».

L'IMAGINATION, embarrassée.

Oh ! ne va pas me croire !
J'ai dit « pure »... à la fin. — C'était contradictoire
— Donc sans nulle valeur — Dans l'inspiration
Le premier mot venu prouve une opinion.

LA RAISON, raillant.

Pour un assassinat tu prescris la lecture,
Au deuxième, ajoutant, sans pitié, l'écriture.
Le parricide seul au calcul est contraint.

L'IMAGINATION, avec dédain.

J'ai l'horreur du sarcasme et ne l'ai jamais craint.

LA RAISON.

Pour toi le sérieux peut-il avoir du charme ?

L'IMAGINATION.

Mais j'en suis fanatique.

LA RAISON.

Oh ! tant mieux : c'est mon arme.

L'IMAGINATION, aigrement.

Joignons-y l'ironie, et la méchanceté,

Et la ausse franchise et la vraie âpreté,
L'orgueil et ses dédains, et son acrimonie.

LA RAISON, levant les épaules.

De mes perfections complète litanie !
C'est vrai, mon sérieux est très-brutal parfois.

L'IMAGINATION.

Que m'importe ! le faux me met, seul, aux abois.

LA RAISON.

C'est bien t'apprécier. — Je hais fort l'ignorance,
Et j'admets que le crime en soit la conséquence...
La science pourtant, bonne pour prévenir,
A punir les forfaits ne put jamais servir.
Au profit de nos fils augmente les lumières,
Mais pour nos criminels prends d'autres bréviaires.
Voici du reste, à nu, ton beau raisonnement :
« Supprimons l'échafaud, *immédiatement*,
« Attendu qu'en un jour, *bien loin encor de luire*,
« L'ignorant *actuel*, à force de s'instruire,
« N'en aura plus besoin. » A cela je réponds :
INSTRUISONS-LE D'ABORD, ENSUITE SUPPRIMONS.
— Non pas, non pas. — Le crime un jour doit disparaître,
Prétends-tu : l'échafaud, alors sans raison d'être,
Disparaîtra tout seul. Tu veux anéantir
Ce qui va de *soi-même* heureusement finir !
On te l'a déjà dit ; que l'assassin commence,
Et nous imiterons sa charmante clémence.

L'IMAGINATION, indignée.

Mettre la faribole en un sujet pareil !
— La science pour l'homme est un second soleil.
En elle des vertus est la vraie origine.
Que ton front, mécréante, en l'adorant s'incline.

LA RAISON, haussant les épaules.

Très-beau ! — Si, comme outil, aux hommes de nos jours
L'instruction apporte un précieux secours,
Garde-toi de penser qu'aux hameaux la science
Augmente les vertus, la bonne conscience.
Plus d'un bandit célèbre, à l'échafaud conduit,
Etait littérateur, ou du moins homme instruit :
J'en citerais cinquante.

L'IMAGINATION.

Erreur ! erreur, te dis-je !

LA RAISON.

Et l'affreux Lacenaire ?

L'IMAGINATION

Un malfaiteur prodige !

LA RAISON.

Chansonnier plein d'esprit, par toi-même inspiré.

L'IMAGINATION.

Eh ! mon Dieu ! pourquoi pas ? — Ce stoïque, égaré,
Sous les respects du bagne est un type hors ligne ;
Chez les honnêtes gens d'indulgence il est digne.

LA RAISON.

Non, car il ne commit qu'un double assassinat.
Ce n'était pas assez pour qu'on lui pardonnât.
Il manqua le troisième, et, s'étant laissé prendre,
Je te blâme beaucoup de lui rester si tendre.
Mais quittons Lacenaire. — En scélérats lettrés
Nous avons Papavoine, un des plus admirés :
Il tua deux enfants.

L'IMAGINATION.

C'était un monomane !

LA RAISON.

Et c'est même pour lui qu'un roi de la chicane
Créa de toute pièce, et pour tout assassin,
Un système à l'instant cher à tout médecin,
Le système complet de la monomanie,
Où la scélératesse est, DE DROIT, impunie.
On est fou quand on tue, ou du moins peu s'en faut;
On doit être affranchi des risques d'échafaud,
Et le savant, dans vous, ne doit plus voir qu'un crâne
Dont les soulèvements lui dévoilent l'arcane,
Dont, pour favoriser son art explorateur,
Il met dans du coton le *bénin* possesseur.
Messieurs les avocats, à ton culte fidèles,
Recoururent bien vite à ces armes nouvelles;
Messieurs les médecins, aux lieux où tu prévaux,
Réclamèrent le droit d'inspecter les cerveaux...

L'IMAGINATION, interrompant.

Et qui pourrait mieux qu'eux distinguer la folie?

LA RAISON.

Le moindre bon esprit, avec qui je m'allie,
Vaut, pour juger un fou, toute la Faculté.
Les rusés médecins n'en ont jamais douté,
Et chez eux, mon enfant, ce n'est qu'une rouerie,
Et, chez les magistrats, c'est une duperie
De prétendre qu'il faille un talent médical
Pour voir où la démence a mis son sceau fatal.
Mais passons. — Et Castaing, docteur en médecine,
Donnant à son ami des doses de morphine,
Et vous l'empoisonnant? Il était fort instruit.
A tuer sa victime il fut pourtant *réduit.*
Doisns qu'il en devait recueillir l'héritage,
Ce qui le justifie.

L'IMAGINATION.

Infernal badinage!

LA RAISON (1).

Dans ton pays, la France, en deux départements (2),
Doubs et Gers, nous comptons nombre égal d'habitants.
L'un, par an, sur deux mille et deux cents hyménées,
Voit trois cents illettrés unir leurs destinées;
Mais deux mille deux cents condamnés criminels
Y viennent compenser ce luxe des autels.
Sur deux mille cinq cents hymens bénis dans l'autre,
La moitié des époux disent leur patenôtre,
Sans pouvoir l'épeler; mais huit cents malfaiteurs
Y portent seulement leur contingent d'horreurs.
De ces nombres divers, chère enfant, il résulte
Que, si l'instruction est digne de ton culte,
Contre le mal parfois son pouvoir reste vain.

L'IMAGINATION.

Oui, l'ignorance a, seule, un pouvoir souverain.
Sur l'univers entier tes appétits funèbres
Aspirent à verser les plus sombres ténèbres.

LA RAISON.

Que par l'instruction s'augmente un peu le bien,
J'y consens de grand cœur, mais ne préjugeons rien.
Notre siècle la veut : donc, moi, je la propage.
Mais le seul avenir montrera s'il fut sage
D'y voir un moyen sûr de changer en Berquins
Ou d'empêcher de naître et bandits et coquins,
Ou si l'instruction primaire et secondaire,
Ne va pas amener justement le contraire.

(1) Suivent 28 nouveaux vers.
(2) Atlas géographique et statistique des développements de la France par Vapereau.

L'IMAGINATION.

Je veux la rhétorique au profit de chacun.

LA RAISON.

Pour tous les travailleurs rien de plus opportun.
Ils apprendront ainsi, sous ton bras tutélaire,
A charger des fumiers, à labourer la terre.
— Reprenons maintenant tes divagations,
Ou, si tu l'aimes mieux, tes déclamations.
— Jusqu'à la dernière heure, à la mort volontaire,
Comme à la maladie, il faut, de droit, soustraire
Un condamné qui peut, sans miracle, obtenir,
Sa grâce, même injuste, et dans son lit mourir.
Mais s'il doit apporter à l'échafaud sa tête,
Au contraire, l'Etat logiquement l'arrête,
Quand, par le suicide, il cherche à fuir son sort :
Le condamné lui doit une sanglante mort.
Qu'il s'en prenne à lui seul si dans l'horreur il sombre.

En peignant les cachots d'une couleur si sombre,
Tu prouves à quels point ils te sont inconnus.

L'IMAGINATION.

Comment? Au moyen âge ils étaient bien tenus?

LA RAISON.

Quelle tête, mon Dieu! Sois donc un peu plus sage.
Je te dis : « temps présent »; tu réponds : « moyen-âge ».
Depuis quatre-vingt-neuf, et surtout de nos jours,
Les prisons ne sont pas d'effroyables séjours.
Plus d'un artisan libre est très-loin de connaître
Ce que les détenus y trouvent de bien-être.

La jeune fille pure et l'homme le plus vil
Souffrent du cauchemar. Il est donc puéril
D'en faire un argument pour ou contre la peine

Si pour les faits réels tu n'avais tant de haine,
Tu saurais qu'une vierge à mauvais estomac,
Comme un bandit infect d'absinthe et de tabac,
Est parfois condamnée à d'effroyables songes,
Et jusqu'à son réveil en subit les mensonges.

Sache encore, d'ailleurs, qu'en attendant la mort,
Le condamné s'occupe assez peu de son sort;
Jusques au jour fatal il garde l'espérance;
S'il la perdait pourtant, s'il avait la souffrance
Qui de son châtiment serait un échelon,
Devrait-elle entraîner son coupable pardon ?
Non. Tout ce que tu peins est fantasmagorie.

Ta critique de style est une moquerie.
De moi, pour bien remplir ses hautes fonctions,
Le magistrat reçoit ses inspirations;
Je dicte ses arrêts et ses réquisitoires,
Et m'embarrasse peu des formes oratoires.
Quand le fond est sensé, le style est bon toujours.
Tant mieux que l'orateur dans d'élégants contours
Promène sa pensée, et dans les fleurs conduise,
S'il défend le bon droit : tant pis qu'il nous séduise,
Si sa parole *pure* ouvre un chemin au mal :
Le style ne fait pas l'intègre tribunal.

J'aborde maintenant la question d'injure.
Que les malfaiteurs soient de la magistrature
Les ennemis natifs, et que, sous les barreaux,
Sur l'échafaud sanglant, ils y voient leurs bourreaux,
Je le pardonnerai ; mais essaie une enquête :
Tu trouveras en eux un sentiment *honnête.*
Rebelles sociaux, dans leurs combats impurs,
De la mort, à l'échec, il sont d'avance sûrs,

Et l'honneur conservant, même en eux, sa puissance,
Ils lancent leur dédain, pour toute récompense,
Au juge, au combattant de la société,
Dès qu'en traître il faiblit à leur perversité.
Donc sur les magistrats quand il fait le caustique,
L'homme de bien me semble un peu plus qu'illogique.

Je ne discute pas tes effets les plus beaux :
Une tête tombant en six coups, par lambeaux,
Sert avec grand'raison la gent déclamatoire.
Mais pourquoi dédaigner vingt-deux coups de doloire (1);
Non, trente-quatre coups, qu'un soldat, vrai boucher,
Donna sur une tête avant de la trancher ?
Cette horreur, déjà vieille, à ta belle peinture
Eût ajouté du charme, et comme une parure;
Elle aurait démontré — l'évidence — qu'il faut
Un bon exécuteur sur un bon échafaud.

Je ne parlerai pas de la guerre si rare
Qu'à ses exécuteurs le condamné déclare.
A son propre supplice un refus de concours
Me semble, *je l'avoue*, excusable toujours;
Mais, en se révoltant, peut-il à s'y soustraire
Se créer un droit ? Non, tu sais bien le contraire.

Si, malgré les dangers qu'ils ont toujours pour moi,
L'exagération et le faux sont ta loi,
Je dois m'y résigner : c'est un mal d'organisme ;
Mais pourquoi dans l'insulte arriver au cynisme ?...

L'IMAGINATION, interrompant.

Moi ! toute à l'idéal !

(1) « Sous Richelieu, sous Christophe Fouquet, M. de Chalais fut mis à « mort, devant le Bouffay de Nantes, par un soldat maladroit qui, au lieu « d'un coup d'épée, lui donna trente-quatre coups d'une doloire de ton- « nelier, etc. (La Porte dit vingt-deux, mais Aubry dit trente-quatre.) » Cette note n'est pas de moi.

LA RAISON.

Il t'a peu profité.

L'IMAGINATION.

Tigres, honneur et gloire à votre humanité!

LA RAISON.

Oh! finis-en, de grâce! — En faisant tes peintures,
Sur la religion à faux tu t'aventures.
Les vrais prêtres au tien jamais n'ont ressemblé.
En répandant sur eux ton fiel accumulé,
Tu vas depuis l'erreur jusqu'à la calomnie.
Tu deviens ridicule en pleine ignominie.

L'IMAGINATION.

Je ne puis te comprendre. En mainte occasion
N'ai-je pas inspiré sur la religion
Odes, stances, sonnets, dithyrambes sublimes?
Et tu vas follement placer au rang des crimes
Une injure adressée aux prêtres, en passant!
Le sujet l'exigeait: quoi de plus innocent?
En autre circonstance, et dès demain peut-être,
J'en redirai du bien; tu devrais me connaître.

LA RAISON, raillant.

Au fait, le sérieux, m'as-tu dit, est ton fort.
Tu frappas, aujourd'hui, sur la peine de mort:
Peut-être, dès demain, à ta palinodie
Il me faut préparer...

L'IMAGINATION, avec colère.

Ah! quelle perfidie!
Avant de réfléchir...

LA RAISON, interrompant.

Comme toujours.

L'IMAGINATION.

Tais-toi.
Une phrase m'échappe, et ta mauvaise foi

S'en fait à l'instant même une arme à me détruire !

LA RAISON, raillant.

Tu te trompes beaucoup : je ne veux que m'instruire.

L'IMAGINATION.

Sur la peine de mort je n'ai pas varié,
Pour sa suppression j'ai parlé, j'ai crié.

LA RAISON.

Et tes cris incessants, et ton flux de parole,
Et tes mille combats à grands coups d'hyperbole,
Ne l'ont pas obtenue.

L'IMAGINATION.

A moi donc l'avenir !
Seule, par mes efforts, je saurai réussir.

LA RAISON.

Et du contraire, moi, je suis sûre, très-sûre.
As-tu donc oublié que, sans moi, rien ne dure ?
Si tu réussissais, ce serait pour deux jours.
Va donc porter ailleurs tes folâtres amours,
Et laisse-moi frapper sur l'engeance perverse...

L'IMAGINATION, l'interrompant.

Mes amours ? Quand le sang, le sang humain se verse !

LA RAISON.

Contre les assassins dans l'État le plus doux
Le couperet sanglant multipliant ses coups,
Doit tomber, retomber ; il vient à tous apprendre
Ce que coûte le sang à qui, pour le répandre,
N'a que le droit du crime ; il ôte au malfaiteur,
S'il réfléchit, *avant*, un poignard égorgeur :
Pour la société quel immense avantage !
Mais, quand le scélérat n'écoute que sa rage,
S'il réfléchit, *après*, s'il est exécuté,
Il retrouve son âme avec l'éternité.

C'est pour lui que dès lors est l'avantage immense !
Donc la miséricorde, en sa terrestre essence,
Lui montre l'échafaud pour le terrifier,
Et, s'il l'affronte, au ciel le fait agenouiller.
— La crainte (je persiste), en mille circonstances,
Arrête un malfaiteur avant les violences,
En ne lui réservant que l'emploi des moyens
Où la ruse agit seule.

L'IMAGINATION.

Et, moi, je te soutiens
Que la peur de la mort n'empêche pas un crime :
Sans danger pour l'État, l'échafaud se supprime,
Et par le bagne *à vie* il le faut remplacer.

LA RAISON, raillant.

Non, il effraierait moins. Mieux vaut y renoncer,
Et, quant au bagne à temps, châtiment inutile,
A la réclusion, punition stérile,
A la prison, rigueur d'un chimérique effet
Depuis que l'échafaud n'empêche aucun forfait,
Supprimons, supprimons. La peine la plus grande,
Pour l'assassin, doit être une humble réprimande.

L'IMAGINATION, dédaigneusement.

Et quand ai-je, de grâce, aussi bien raisonné ?

LA RAISON.

Tout à l'heure, en posant un principe erroné
Dont je viens de tirer la conséquence juste.

L'IMAGINATION.

Quelle bouffonnerie en un sujet auguste !
Des peines je poursuis l'atténuation,
Et non l'absurdité de leur suppression.

LA RAISON, de plus en plus railleuse.

Vraiment ! — Pour châtier le scélérat qui tue,
A la peine de mort alors qu'on substitue

Le bagne *pour la vie*, il faut au malfaiteur
Qui, jusques au cercueil, en épuise l'horreur,
Donner le bagne *à temps*, déjà trop noir de fange.
— Puis en réclusion le bagne *à temps* se change,
Séjour sombre, où des morts on entrevoit la nuit!
— Puis la réclusion en prison se réduit;
Dans la prison, en mois se convertit l'année,
En semaine le mois, la semaine en journée.
Mais dans ta sainte ardeur quand t'arrêteras-tu?
Quand tu remonteras jusqu'aux prix de vertu
A donner désormais au coupable en guenilles,
Expiant en prison de simples peccadilles.

L'IMAGINATION, indignée.

Emprunter au grotesque un pareil argument,
C'est courir, malheureuse, à l'avilissement!

LA RAISON, sérieusement.

Quand la sagesse échoue, elle emprunte au grotesque
Ses arguments aigus, sa forme pittoresque.
En effilant un angle, en forçant un contour,
Elle met la sottise en un si brillant jour
Qu'elle y puise parfois la meilleure réponse.
— Mais dans tes fiers regards, ma défaite s'annonce.
Je tremble.

L'IMAGINATION (1).

Quand Troppmann au couteau fut livré... (2)

LA RAISON, interrompant.

Bon diable au fond!

L'IMAGINATION.

Raison!

(1) Suivent 344 vers nouveaux.
19 janvier 1870.

LA RAISON.

Il avait enterré,
Par sage économie, en une même fosse,
A Pantin-*lez*-Paris...

L'IMAGINATION, interrompant.

Point d'assertion fausse!

LA RAISON.

Sois tranquille. — une mère avec ses cinq enfants,
Qu'il avait assommés, tués en guet-apens,
Et déjà dans l'Alsace empoisonneur du père,
Il avait à Pantin, assassiné leur frère,
En se chargeant aussi de leur enterrement.

L'IMAGINATION.

Tais-toi donc!—Troppmann mort, un sage au cœur aimant (1)
Me dut son plus beau jour, son jour superlucide.
Il fit voir qu'on supprime à jamais l'homicide,
En supprimant d'abord le père du forfait,
L'affreux Code pénal, qui l'inspire et le fait;
Il fit voir qu'un instinct incurable ou curable
Entraîne malgré lui l'infortuné coupable;
Qu'on lui doit préparer des jurys préventifs,
Et, pour parer à tout, des jurys répressifs;
Que, pour le rendre au bien, dans une île exploitable,
Eminemment salubre, éminemment arable,
On le doit au plus tôt transporter..., non pas seul
Ce serait tout vivant le coudre en un linceul,
Mais avec des amis, avec sa tendre épouse,
A moins que de sa gloire, hélas! trop peu jalouse,

(1) Séance du Corps Législatif, 29 mai 1870.

Du divorce elle n'ait le courage éhonté.
Quand par ce traitement le pauvre transporté,
Complétement *guéri* de l'instinct *incurable*,
Rentre dans ses foyers, il y rentre honorable.
On le réhabilite : exemple saisissant
D'un triomphe obtenu par l'épargne du sang.
Ainsi du beau, du bon, créant de nouveaux types,
Du grand quatre-vingt-neuf j'applique les principes.

LA RAISON.

Mais ton île, ma chère, existe.

L'IMAGINATION.

Que dis-tu ?

LA RAISON.

Dès longtemps on y rend le crime à la vertu.

L'IMAGINATION.

Où donc ?

LA RAISON.

A Charenton-*lez*-Paris.

L'IMAGINATION.

Pasquinade !
Pourtant je n'ai pas tort,

LA RAISON.

Voyons : je rétrograde.
Tu traitais de grotesque, alors qu'il était mien,
Un système pareil, à très-peu près, au tien.

L'IMAGINATION.

Pareil au mien ! Du vers distingue donc la prose.
Mais Dieu te refusa le sens du grandiose.

LA RAISON.

Dans ta philosophie, aux plus affreux pervers
Tu sauves toute peine.

L'IMAGINATION, ironiquement.

En les jetant aux fers,
En les y conservant jusqu'à leur dernière heure!
... S'ils ne s'amendent pas.

LA RAISON.

Dans leur sombre demeure
Un de leurs compagnons, un de leurs gardiens
Périt assassiné. Dis-moi de quels moyens,
Pour venger ce forfait, ton équité dispose.
L'échafaud est proscrit de ton Code à l'eau rose,
Et le bagne est pour toi le plus grand châtiment :
Donc le forçat à vie, assassin librement,
Sur le premier venu peut fondre en bête fauve ;
Bien sot s'il hésitait! De droit, sa vie est sauve;
Pour ses crimes passés, au bagne il doit mourir,
Et sur lui s'épuisa ton pouvoir de punir!
Ta bonté crée ainsi dans les bandits du bagne
Une catégorie, où chaque membre gagne,
Sans nul péril pour lui, le pouvoir de tuer
— Qui? — Tout manant osant ne point le saluer.

L'IMAGINATION.

Dans chaque prison, chefs et gardiens sinistres
De la férocité sont les sombres ministres,
« Je dis les choses », moi, juste « comme elles sont ».
Naïveté, simplesse...

LA RAISON, interrompant.

A jamais s'enfuiront,
Dès que tu paraîtras.

L'IMAGINATION, s'exaltant de plus en plus.

C'est vraiment déplorable !

— Claude Gueux, ouvrier entre tous honorable,
Avait enfant et femme : il n'avait plus de pain.
Il dut voler, vaincu par une triple faim.
En châtiment inique, il fut mis dans la geôle.
Le gardien en chef, un effroyable drôle,
Enviait le grand cœur d'un chétif détenu,
Du sympathique Albin. Gueux était parvenu,
Grâce au pain de l'enfant, à calmer son immense,
Son funeste appétit. Pour croître leur souffrance,
Le chef les séparant, Claude Gueux réclama :
Infortuné ! Le chef au cachot l'enferma.
Remis en liberté, retiré d'un abîme,
Gueux voulut son Albin. Provocateur au crime,
Le chef le refusa. Dès lors illuminé,
Au for intérieur, Gueux, honnête homme né,
Délibéra, jugea. Sans exposer son âme,
Il établit son droit à supprimer l'infâme
De qui l'affreuse vie était le moindre tort,
Et, libre de scrupule, il résolut sa mort.
Mais, probe dans le sang, il reconnut qu'au traître
Il devait un délai ; qu'en lui faisant connaître,
Ou du moins soupçonner sa tranquille fureur,
Il le rendrait au bien, et serait son sauveur. —
Il prit en attendant une secrète hache,
Comme argument final qu'en sa vêture on cache. —
Trente deux jours donnés vainement à ce chef,
L'innocent Claude Gueux fit naviguer sa nef
Dans l'océan du crime, ouvert à grand spectacle
Devant ses compagnons, qui, sans y mettre obstacle,
De leur persécuteur, par cinq coups assurés,
Virent le corps, le front béants et fracturés.
Ils n'applaudirent point ; leur lugubre silence

Eloquemment parlait. Sans vaine repentance,
Claude, justicier, sévère à se juger,
Prit de petits ciseaux pour se suicider.
Il ne réussit pas. La guillotine immonde
De ce noble ulcéré bientôt priva le monde.
Claude avait un cœur riche, un cœur d'homme de bien,
Mais, « lion dans sa cage, à qui l'on prend son chien »,
Il connaissait son droit : LÉGITIME DÉFENSE !
Dans un duel farouche allant jusqu'à l'outrance,
Frappant traîtreusement un traître malfaiteur,
Il put le mettre à mort, sans ternir son honneur.
Son seul tort fut d'avoir une place homicide
Dans un cénacle humain si mal fait, si turpide,
Qu'il finit par voler, et dans un cabanon
Si mal fait, qu'il finit par tuer en félon.
La flétrissure était une peine-vipère,
Cautérisation qui gangrenait l'ulcère ;
Le bagne est demeuré plus satanique encor,
Vésicatoire absurde en son infect essor,
Qui résorbe le sang, rendu mille fois pire,
Alors qu'il est sucé par un pareil vampire ;
Et la peine de mort est l'amputation
Où vit la barbarie, où vit le talion.
Refaites vos prisons, vos codes et vos juges,
Et du mal à jamais supprimez les refuges.

LA RAISON.

Quelle course à travers d'énormes substantifs
Doublés d'extravagants, d'inouïs adjectifs !
Quel tapage ! Grand Dieu ! Quel style déplorable

L'IMAGINATION, haussant les épaules.

Eh ! tu n'y connais rien.

LA RAISON.

O ma folle incurable,
De la peine de mort, Gueux était partisan.

L'IMAGINATION, interrompant.

Mais idéalisée en un sublime élan.
Je ne fais pas de style...

LA RAISON.

En faisant du mensonge.

L'IMAGINATION.

Jamais !

LA RAISON.

Ma pauvre enfant, tu racontais un songe.

L'IMAGINATION.

Non pas certes ! J'abrége un poète éminent.

LA RAISON, de plus en plus sarcastique.

Je ne le connais point. Ecoute maintenant :
Gueux, berger bien nourri, lassé de mener paître
Ses blancs et doux moutons, avait volé son maître.
A Clairvaux, en novice, il fut bientôt admis,
Et se forma beaucoup chez ses nouveaux amis.
Sa femme et son enfant restent parmi les fables
Qui servent à défendre et sauver les coupables.
Sa peine terminée, il reprit ses travaux ;
Voleur récidiviste, il rentra dans Clairvaux;
D'un chef, pour le tuer, il arracha le sabre :
Hélas! en pareil cas, tout gardien se cabre.
On désarma ton Gueux qui fut par le jury
Sagement acquitté, sagement aguerri.
Le gardien pourtant devait s'en faire craindre ;
Au travail ordinaire il prétendait contraindre
Un homme ami d'Albin jusques à l'adorer,
Il fallut l'un de l'autre alors les séparer.
Avec son bien-aimé, Gueux parlait le *grec sombre.*
Sur ses pures vertus cela jette un peu d'ombre.
Mais quel homme est parfait ? Esclave du désir,

Il veut la liberté dans sa course au plaisir.
La séparation contrariait tant Claude,
Que d'une bonne hache il se munit en fraude;
Puis pour ravoir Albin, en se faisant bien doux,
Il implora son chef; puis, lâchant son courroux,
Sur un refus final, *rentrant dans sa manière*,
Il brandit tout à coup sa hache meurtrière.
Tu ne veux pas, dit-il, me rendre mon Albin,
Scélérat? « Il faut donc faire ici du boudin ».
De cinq coups assénés sur le crâne, la face
Et la cuisse, il remit, sans faiblesse, à sa place,
En le tuant tout net, son pauvre gardien.
Ses quatre-vingts amis, présents à l'entretien,
Présents également à cet affreux carnage,
Mais tous terrifiés par une telle rage,
Le virent châtier d'un devoir bien rempli
Un chef qui devant eux n'avait jamais pâli.
Après l'assassinat, au loin jetant sa hache,
Et prenant des ciseaux (pourquoi pas un *eustache?*)
Il voulut se tuer de ce fer folichon.
« Je ne trouverai donc pas ce cœur de cochon »,
Dit-il en se manquant. C'était peu poétique,
Mais le forfait a droit d'être un peu prosaïque.
La cour d'assises vint se rouvrir à ton Gueux.
Il était annoncé comme un tigre fougueux
Qui ne s'amuse pas à vous tendre des piéges.
Il avait menacé de tuer sur leurs siéges
Les juges, les jurés, l'avocat-général;
Mais le jour des débats, sans faire le brutal,
Il se dit innocent : c'était à n'y pas croire.
Il chercha son salut dans mainte échappatoire;
Comme le meilleur prêtre, en pleurant, il prêcha;
A la société surtout il reprocha
D'enfanter les forfaits par ses crimes. En somme,

On ne peut le nier, c'était un habile homme,
Et, *si l'on t'en croyait*, un homme sans défaut,
Qui, très-iniquement, finit sur l'échafaud.
Pourtant il oublia dans sa forte défense
Un argument vainqueur. Des jurés la clémence,
Lors d'un premier forfait par eux rendu fécond,
Les avait rendus, SEULS, coupables du second !
Quant à l'enfant Albin, c'était un franc Hercule (1),
Un taureau furieux. Il tua sans scrupule
Un détenu rebelle à tout *langage grec* ;
Mais il ne voulut pas le tuer d'un coup sec :
Il lui plongea sept fois dans le corps une lame ;
Puis, peut-être craignant de passer pour infâme,
Il se précipita du haut de sa prison,
Et tomba, bien vivant, je crois, sur le gazon.
A son propre avocat, sous sa lourde semelle,
Prêt à faire sauter les yeux et la cervelle,
Il fut à l'audience entouré de soldats,
Qui reçurent alors le plus vain des mandats.
Albin y fut agneau, tout comme le fut Claude.
Il ne méritait pas plus qu'une chiquenaude,
Et les travaux forcés, certes injustement,
Furent, *de ses erreurs*, l'absurde châtiment.
Le bon Albin partit le rire sur la lèvre.
Il disait, *in petto* : bien fol est qui se sèvre
Du plaisir de tuer *dans des prix aussi doux*,
Alors qu'un seul couteau peut suffire à sept coups.
Il disait *hautement*, et témoignait par signes,
Qu'il avait des bonheurs refusés aux plus dignes,
Qu'il n'aurait jamais cru pouvoir quitter la cour,
Sans avoir à penser à son suprême jour.
Un peu plus il eût dit, *parlant à la justice*,

(1) *Gazette des Tribunaux* du 24 décembre 1832. M. Mongis, ancien procureur général, *Œuvres choisies*, t. 2.

« Embrassons-nous de grâce, et que cela finisse. »

L'IMAGINATION.

Mon style te déplaît ! Le tien me pousse à bout.
L'argot le déshonore à l'effroi du bon goût.
La trivialité m'y donne la torture.
Mais, contre moi, pourquoi te montrer aussi dure :
Je suivais pas à pas un poète vainqueur,
Qui devient à ses jours splendide prosateur.

LA RAISON.

Au poète moderne on ne doit jamais croire.
Pour lui la vérité n'est qu'un simple accessoire ;
Au profit de son vers, il ment impudemment.
D'un triomphe pour lui le faux est l'élément.
Trop souvent on n'est pas, dit la gent malhonnête,
Un grand homme de bien, pour être un grand poète.
Ah ! c'est toi seule, enfant, qui certes inspiras
Ce noble vers haï de tous les scélérats :
« Un esprit corrompu ne fut jamais sublime. »
Jamais rien de plus faux n'a rencontré la rime.

L'IMAGINATION.

Mais moi je suis honnête, et de très-bonne foi.
— Tu n'as pas oublié les jours de long effroi (1)
Où la femme Gardin, d'un crime imaginaire
Soupçonnée, accusée, au cachot devint mère,
Et se vit condamner, innocente, à la mort.
Elle apprêtait d'avance un éternel remord
Au geôlier qui la tint au cachot le plus sombre
Deux mois ensevelie, en combat avec l'ombre ;
Qui, la voulant coupable, à l'aveu mensonger
Du crime trop certain d'un bandit étranger
La força, transformant par son art diabolique

(1) *Gazette des Tribunaux* des 12 octobre, 17, 18, 19 et 20 novembre 1862.

En fille parricide une fille angélique.
Elle apprêtait d'avance un éternel remord
Aux immondes jurés, pourvoyeurs de la mort,
Aux magistrats unis dans leur sinistre joie
Pour dévorer entre eux une innocente proie
Qu'insufflé du venin de la férocité,
Retords en fourberie, hypocrite en bonté,
A force de tourment, à force de torture,
Un monstrueux geôlier leur jetait en pâture.

LA RAISON.

Te voilà revenue à tes bruyants accents.
Rétablissons les faits, et parlons de bon sens :
L'angélique Gardin frappa, jeta par terre,
Traîna par les cheveux, le vieux Doise, son père.
Dans sa trop longue vie, elle voyait un tort
Qu'il fallait réparer... en lui donnant la mort.
Elle disait tout haut qu'au fond de quelque abîme
Elle voudrait jeter l'importun cacochyme,
L'y noyer de sa main, prête à tout châtiment,
Pour avoir le plaisir de son enterrement.
Le vieux Doise croyait cette femme candide
Toute prête à risquer gaiement le parricide.
Se trompait-il? Qui sait? Mais sans s'y résigner
Il se faisait parfois en route accompagner.
Il fut tué chez lui. Voisins, mari, famille
Imputèrent le crime à l'angélique fille.
Promptement arrêtée, elle fit des aveux
A donner le frisson aux gens les moins nerveux.
En parlant de sa mort, tu mens. La fille Doise
Dut la vie aux jurés. Pourquoi leur chercher noise?
S'attribuer un crime, est-ce en être innocent,
Surtout quand on n'a pas de vingt taches de sang
Oté sur ses habits la trace accusatrice?
D'une erreur contre soi n'est-on pas le complice,

Est-on martyr enfin, alors que d'une horreur
On fut le volontaire et le premier auteur,
Et les travaux forcés imposés pour la vie
Des jurés montrent-ils la fureur assouvie?...
Ils montrent leur faiblesse. — Un bandit trop connu,
Vanhalwyn, libre alors, et bientôt détenu,
S'acharnait à la perdre. En public le perfide
S'étonnait que l'on pût devenir parricide.
Contre un juste soupçon il déployait son art :
Il avait assommé, lui-même, le vieillard!
D'un dénonciateur devenu la victime,
Conquis par l'échafaud pour un tout autre crime,
Il fit un franc aveu, qui ne fut pas perdu ;
A ce grand malfaiteur la fille Doise a dû,
Alors qu'on révisa son procès plein de doute,
D'être innocente?... non, mais de se voir absoute.
Vrai Dieu! jamais parquet, jurés et magistrats
Ne durent se trouver en pareil embarras.
Il fallait expliquer quelle coïncidence
Avait pu réunir à la même audience
La fille parricide, au moins d'intention,
Et l'assassin chargé de l'exécution;
Il fallait expliquer l'aveu non *déniable*
D'une femme *niant* avoir été *coupable*,
Après avoir tout fait pour assurer sa mort.
N'était-ce pas remplir la coupe jusqu'au bord
Si la Doise la but, c'est que sa fourbe immense
Avait par trop osé tenter la Providence.
Mais comment expliquer cette confession
Qu'annula plus ou moins sa rétractation?
Au séjour des bandits, sans être viciée,
La morale n'est pas très-quintessenciée;
Arracher des aveux, c'est en toute prison
D'un habile geôlier un peu la trahison.

L'intérêt social doit être son excuse;
L'intérêt personnel de celui qu'on accuse,
Quand il craint l'échafaud, quand il pressentira
Que plus d'un sûr témoin, en parlant, le perdra,
Provoque, en désespoir, sa confession franche.
Pour son salut il cherche une suprême planche,
Et croit l'avoir trouvée en dupant un jury,
De sa fausse candeur sottement attendri :
Ce dut être le cas de la fille de Doise.
Pendant sept mois entiers la terrible matoise
Avoua le forfait, et, quand son défenseur
Lui fit voir les périls de sa mortelle erreur,
Elle se démentit, croyant par sa franchise
A son ancien mensonge échapper en surprise.
Pour elle on invoqua l'hallucination;
Sa grossesse expliquait la longue illusion
Dont elle fut victime en se croyant coupable;
Son avocat soutint cette risible fable :
Elle voulait sauver à tout prix son enfant,
Et l'amour maternel fut dès lors triomphant.
Hélas! dans le forfait la Doise était la tête,
Et Vanhalwyn, la main, à frapper toujours prête.
La fille parricide, en aspiration,
N'eut pas droit de maudire une expiation.
Son désir sanguinaire a fait sa destinée :
La prison l'abrita pendant plus d'une année.
Pourtant je suis d'accord avec toi sur un point,
Et je le dis bien haut : son cachot n'avait point
Cette part de soleil, nécessaire à la vie,
Qui, sans droit supprimée, au trépas nous convie.
Eh bien! que réponds-tu?

L'IMAGINATION.

Mais je ne réponds rien.

Tu parles de procès comme un praticien.
Je ne t'y suivrai pas, moi, la reine de l'Ode.

LA RAISON.

Nous terminerons donc ici cet épisode.
— Certaines vérités, par le raisonnement,
A l'état d'évidence arrivent sûrement ;
Par l'observation celles qui se démontrent
Dans tes aveugles yeux, au contraire, rencontrent
Pour la meilleure preuve un obstacle absolu.
A ce que l'on *suppose*, à ce que l'on a lu,
Quiconque bornera, comme toi, sa science,
Restera sans valeur, sans nulle expérience,
Et de droit comptera parmi les cerveaux creux.
Peux-tu me dire, toi, si bien faite pour eux,
Pourquoi l'homme d'Eglise ou de magistrature,
Et l'homme du pouvoir ont une âme si dure
Que longtemps avant l'âge assombri par les ans,
De la peine de mort on les voit partisans ?
N'est-ce pas que du crime ils savent chaque face,
Et que tu n'en sais qu'une ? Et pourtant ton audace
Pour leur opinion n'a qu'insulte et mépris.

L'IMAGINATION.

Les monstres !... dans le sang ils se sont aguerris.
Mais j'ai toujours pour moi les jeunes gens, les femmes ;
Leurs cœurs, foyers d'amour, s'échauffent à mes flammes ;
Nous serons, et bientôt, ensemble triomphants.

LA RAISON.

Non, même avec l'appui de ces hommes-enfants (1)
Que Dieu fit pour gérer les bureaux de nourrices,
Et non pour s'occuper de bagnes et de supplices.

(1) Suivent 4 nouveaux vers.

L'IMAGINATION.

Quoi! lancer ton venin même à la charité!

LA RAISON.

Oui, quand elle pactise avec l'iniquité.
Mais n'en restons pas là. Si tu daignais descendre
Jusques aux scélérats qui te rendent si tendre ;
Si, comme je l'ai fait, tu daignais engager
Un entretien intime, avec eux sans danger,
Par leurs simples aveux tu saurais que les bagnes
Sont le risque *accepté* de leurs sombres campagnes,
Mais que le couperet, sur eux toujours levé,
Par la tourbe d'élite est seulement bravé,
Par celle où, l'échafaud affirmant la justice,
L'assassinat décroît, quand s'accroît le supplice.
Aux *déclamations* sur la peine de mort
Mes francs *raisonnements* s'opposent sans effort;
Mais il faut m'accorder en loyales prémices
Qu'au bagne les tourments se changent en délices
Pour tout forçat sauvé du châtiment mortel.

L'IMAGINATION.

Quelle erreur de tuer le plus vil criminel!
A quoi servit jamais un flot de sang immonde?
Celui dont l'échafaud sous le couteau s'inonde
Est l'orage oublié quand le calme revient;
Mais le travail forcé, le bagne qui retient
Jusqu'à son dernier jour le coupable au supplice,
Pour la répression et du crime et du vice,
Comme exemple, est plus sûr. Un vivant châtiment
Sert, autant qu'est stérile un court égorgement!

LA RAISON.

Tu ne me parles plus des attentions fines,
Dessert, café, liqueurs qu'au bagne tu destines.

L'IMAGINATION.

Ah ! Raison !

LA RAISON.

Je traduis en langage sensé
Un système par toi, par les fous, encensé.

L'IMAGINATION.

Si j'ai passé le but par mon enthousiasme,
Devrais-tu me combattre en t'armant du sarcasme?

LA RAISON.

A Cayenne, je crois, tu voudrais réunir
Ceux que la loi condamne en ce siècle à mourir;
Tu voudrais que chacun, de Dunkerque à Bayonne,
De Nantes à Strasbourg, par sa lunette, bonne,
A tous les points de vue, aperçût les pervers
Pour plus ou moins longtemps, mis à Cayenne, aux fers;
Mais comment distinguer, dans cet horrible temple,
Les dieux *à tems* des dieux dont l'éternel exemple
Doit sur le bord du crime arrêter l'assassin,
Et des autres bandits le formidable essaim ?
Dis-moi comment ?

L'IMAGINATION.

Tu sais que si, seule, j'invente,
L'organisation te regarde, pédante.

LA RAISON.

Organisons. Veux-tu qu'après des examens,
Des plus grands chenapans prenant des spécimens,
Nous les mettions ferrés dans une belle cage,
Et te les promenions de village en village,
Précédés d'un héraut qui criera : Garc à vous !
Voyez comme punit la justice en courroux...
Non, la justice calme

L'IMAGINATION.

Ainsi, toujours tu railles,
Et sur un tel sujet! Tiens! tu n'as pas d'entrailles.

LA RAISON.

Avec toi, malgré moi, je perds mon sérieux.

L'IMAGINATION.

C'est me manquer.

LA RAISON.

Oh! non. Mais je vais parler mieux.
Le ridicule a fait, je crois, justice *ample*
De l'espoir que le bagne aurait par son exemple
Un moyen d'arrêter plus ou moins le poignard :
Du moindre criminel n'est-ce pas le hasard (1)!
Que dis-je? c'est son but. Pour fuir la guillotine,
Et les mortels ennuis d'une prison mesquine,
Dans un juste milieu, choisissant ses *forfaits*,
Du bagne il veut toujours *mériter les bienfaits*.

Je n'aborderai pas l'idée hétéroclite
Qu'à l'État, en vivant, un condamné profite,
Tandis qu'il lui fait perdre un lucre par sa mort.
Alors que des prisons ou que du bagne il sort,
Il a coûté dix fois en dépense diverse,
Ce que par son travail au Trésor il reverse...

L'IMAGINATION.

Donc, par économie, et par raisonnement,
Et par humanité, prison, bagne, tourment,
Sont de trop.

LA RAISON.

Je me tais, et prends la fuite.

(1) Suivent 4 nouveaux vers.

L'IMAGINATION, avec colère.

Arrête!

LA RAISON.

Oui, pour te répéter qu'à mettre en jeu sa tête,
Même après dix forfaits, hésite un malfaiteur.
En conviendras-tu?

L'IMAGINATION.

Non!

LA RAISON, durement.

Tout déclamateur,
Disant que, dans l'engeance où le sang pur se verse,
Ne marchent pas toujours, comme en raison inverse,
Le crime et le supplice, est sans lumière... ou ment;
Et je suis dans le vrai, ma belle, en affirmant
Qu'aujourd'hui ce n'est pas l'erreur, mais le mensonge
Où ta mauvaise foi sans hésiter se plonge.

L'IMAGINATION, oubliant tout ce qu'elle vient de dire.

Tu m'outrages! Aveugle en tes acharnements,
Tu ne vois même pas qu'entre les châtiments
La mort est préférable au bagne pour la vie.
Grand Dieu! Qu'est-ce la mort? C'est la féroce envie
Du tigre rugissant dans sa prisen de fer,
Du scélérat qui trouve au bagne son enfer.
La mort sur l'échafaud, c'est un éclair qui brille,
Alors que du bourreau la sanglante faucille
Dans les têtes moissonne, et supprime un vivant,
En supprimant pour lui ce supplice savant,
Ce bagne où l'on détaille une immense agonie,
Où pour les *commués* est une âpre ironie.

LA RAISON.

Ma pauvre girouette, en tournoyant toujours,

Tu vas du blanc au noir, et conclus à rebours.
Je suis de ton avis — en ce moment. — J'accorde
Qu'avec le couperet est la miséricorde!

L'IMAGINATION, interrompant.

Odieux concetti!

LA RAISON, continuant, en raillant.

Je fais donc bien d'offrir
A messieurs les forçats, affamés de mourir,
Les moyens les plus prompts de quitter cette terre.
Combien je me trompais! A la mort volontaire
J'ai cru que la vertu, sublime en son erreur,
Pouvait, seule, courir. Je vois avec bonheur
Que le crime y prétend. A son désir je cède,
Pour te plaire; à ses maux accordons ce remède;
Des forçats, PAR LA MORT, *diminuons* l'ennui.
Découverte admirable! A partir d'aujourd'hui,
Entre le bagne et toi je prétends rester neutre.
Sous ta bénigne main, jusques au dernier pleutre
S'y donnera la mort. Pour moi quel débarras!
Tu supprimes d'un coup dépenses et scélérats.

L'IMAGINATION, avec colère.

Briller à mes dépens, même par le mensonge,
— C'est ton mot — est un jeu qui par trop se prolonge.

LA RAISON, dédaigneusement.

Oh! quels éclats! Du vrai j'ai l'indomptable amour.
— Dans la Convention, *à son suprême jour*,
— Logique! — on supprima *la peine capitale*,
— Logique! — à commencer de la paix générale.
— Logique! Elle accroissait *son renom de bonté*,
En léguant l'impossible à la postérité.
Ce legs, *in extremis*, de testateurs si larges
Fut refusé.... peut-être à cause de ses charges.

Dans la même séance un conventionnel,
Pour n'abandonner point le châtiment mortel,
Dit qu'en le supprimant, sous Joseph deux, les nombres
Et des assassinats, et des crimes moins sombres,
S'accrurent à tel point qu'il fallut revenir,
Et bien vite, au supplice.

L'IMAGINATION.

Eh! c'est faux à plaisir!

LA RAISON.

Dans la Convention, dans ce séjour des roses,
On se connaissait bien cependant à ces choses.
On ne répondit rien au féroce orateur.
Le fait était certain, quoiqu'il te fasse horreur.

L'IMAGINATION. (1)

Certains États, pourtant, changeant de loi pénale,
De leur Code ont rayé la peine capitale.
J'en connais plus de vingt! L'échafaud disparu,
Le nombre des forfaits s'y trouva-t-il accru?
Non certes.

LA RAISON, toujours raillant.

Question de simple préséance.
Les assassins venus tous à résipiscence
Y prirent les devants, cessèrent d'égorger :
On put les imiter sans le moindre danger.
Le forfait supprimé, l'échafaud se supprime.
Pourquoi le maintenir, quand la vertu fait prime?
Mais dans l'égout moral d'une grande cité,
Cette suppression tourne à l'absurdité.

Sois franche maintenant. Grâce à la guillotine,

(1) Suivent 8 nouveaux vers,

Tout assassin prudent un peu moins extermine.
Est-ce vrai ? Réponds-moi nettement, entre nous.

L'IMAGINATION, bas.

Nul danger à dire *oui :* Ma foi ! je m'y résous.
(Haut.)
Il semble presque oui... — non — oui...

LA RAISON.

Sans nulle réserve ?
Toute affirmation avec un « mais » s'énerve.

L'IMAGINATION, en criant.

Oui ! !

LA RAISON.

Bien ! nous entrerons peut-être ensemble au port.
— Sur un deuxième point, nous sommes bien d'accord :
Tu préfères beaucoup l'assassin aux victimes.

L'IMAGINATION.

Sotte !

LA RAISON.

Avec toi l'erreur est des plus légitimes.
Dans ta tendresse donc ils ont d'égales parts ?

L'IMAGINATION.

Sotte !

LA RAISON.

Ils ont moins ? Tant mieux ! De ton aveu je pars,
Pour jeter des clartés sur un sujet si sombre.
A tes opinions je réponds par un nombre...

L'IMAGINATION, interrompant.

Comme sous Henri huit, à ton avis, il faut,

En quarante-deux ans, au sanglant échafaud
Soixante-dix milliers de victimes humaines ?

LA RAISON.

Sur ce qu'on ne dit pas en vain tu te déchaînes !
A mes coups redoublés ont pris fin ces horreurs.
Y chercher aujourd'hui des arguments vainqueurs,
C'est remonter à tort le courant de l'histoire ;
C'est montrer qu'en sa cause on a grand'peine à croire.
— A mes opinions si j'allais chez autrui,
Au lieu de l'éclairer, demander un appui (1),
Je te dirais d'abord : Au siècle dix-huitième
Un Pape très-saint, Pie...

L'IMAGINATION, interrompant avec dédain.

Et lequel ?

LA RAISON.

Le sixième,
Pour mettre ses Etats au nombre des plus sains,
A la malaria joignit les assassins...

L'IMAGINATION, interrompant de nouveau.

Allons ! Ferme ! Toujours, toujours la baliverne !

LA RAISON, continuant.

Et dix-huit mille fois sous son pouvoir paterne,
En moins de vingt-cinq ans, dans les Etats romains
Les poignards ont rougi de catholiques mains.

L'IMAGINATION.

De l'irréligion !

LA RAISON.

Non, une parole âpre,
Trop juste par malheur ! — Sur le même théâtre

(1) Suivent 28 nouveaux vers.

L'Alexandre moderne apparut à son jour ;
Ses soldats au poignard succombaient tour à tour :
Le plomb, la hart, le fer aux traîtres répondirent ;
Des flots de sang impur partout se répandirent ;
Mais bientôt sous le bras qui frappait justement,
Qui frappait à toute heure, *impitoyablement*,
La meute d'assassins décimée, éperdue,
S'arrêta dans le crime, et dès lors fut rendue
A l'Italie en deuil, une sécurité
Que perdaient à jamais des abus de bonté.

L'IMAGINATION, avec dédain.

Cela dura longtemps ?

LA RAISON.

Mais, tête de linote,
Cela ne put durer sous le trop saint pilote
Qui dans Rome bientôt reprit son gouvernail.
Aux malfaiteurs cessant d'être un épouvantail,
La papauté, rendue à ses rigueurs *bénignes*,
Par des gouvernements à tous égards indignes
Fut trop bien secondée, et l'Italie en pleurs
Eut droit de regretter ses terribles vainqueurs.
— Veux-tu que nous prenions Charles-Quint pour arbitre ?
Potentat plus qu'habile, il semble avoir un titre
Au moins à ton respect. Eh bien ! ce potentat,
Du gibet comprenant le besoin pour l'État,
Le saluait toujours !

L'IMAGINATION.

Dérision atroce !

LA RAISON.

Moi, sans le saluer, je suis aussi féroce.

— Dans notre siècle il faut, par an, par million,
Une tête tranchée (1).

L'IMAGINATION.

Abomination!
De la peine de mort c'est être fanatique;
Dans vingt cas, dans cent cas, par ta faute on l'applique.
Horrible! horrible! horrible!

LA RAISON.

En répétant trois fois,
Ma chère, une sottise, on en fait, je le vois,
Un trait spirituel, mais je vais te répondre:
Ton art, que je méprise, est grand à tout confondre;
Le mien distingue. Adopte, en seule exception,
Contre l'assassinat la loi du talion:
J'en serai satisfaite, et, pour tout moindre crime,
Je pourrai me montrer un peu plus magnanime.

(1) En France, en 1831, dernière année avant l'établissement des *circonstances atténuantes*, il y a eu cent huit condamnations à mort. Deux condamnés se sont suicidés, un troisième est mort à l'hôpital. Sur les cent cinq autres, trente condamnés pour crime de *fausse monnaie et d'incendie*, qui *tous* furent l'objet d'une commutation de peine, doivent être retranchés dans toute comparaison faite avec les années postérieures, puisque depuis 1832 ces deux crimes ne sont plus punis de la peine de mort, sauf dans les cas d'incendie d'édifices habités. (Du 1er janvier 1833 au 31 décembre 1862, on compte, pour ce dernier crime, quatre-vingt-treize condamnations à mort, et seulement vingt exécutions.) Reste en définitive, pour 1831, soixante-quinze condamnés à mort, dont *vingt-cinq* seulement, moins d'un par million d'habitants, ont été exécutés.

Si l'on passe au temps actuel, on trouve:

Qu'en 1859 il y a eu	36	condamnés à mort, dont	21	exécutés.
60	39		27	
61	26		12	
62	39		25	
63	20		11	

En 1863, la répression est donc presque descendue à un supplicié sur quatre millions d'habitants.

Elle a été de quatre suppliciés sur un million d'habitants, en moyenne, dans les années 1812, 1813 et 1814.

L'IMAGINATION.

Tuer n'est pas un droit de la société ;
Par l'homme un bien du Ciel pourrait-il être ôté,
Par l'homme à l'homme ? Non, Dieu peut seul le reprendre :
Il s'agit de la vie !

LA RAISON, raillant.

Hélas ! faut-il t'apprendre
Que, pour aider la mort dans son expansion,
A l'homme Dieu donna sa procuration ?
Par besoin, par plaisir, comme pour sa défense,
Massacrant l'animal que partout il relance,
L'homme en sa mission goûte un parfait bonheur.
Les animaux, entre eux, avec non moins d'ardeur,
Se tuant, pour remplir l'immense cimetière
Ouvert après l'Éden dans la nature entière,
Prouvent que sur la brute, avec le genre humain,
Ils exercent des droits dérivés de la faim.
Tout va bien jusqu'ici. Faut-il encor t'apprendre
Qu'après le même Éden, Dieu daigna condescendre
A céder ses pouvoirs à plus d'un animal,
Pour tuer même L'HOMME ! et s'en faire un régal ?
Reste enfin le seul droit sur lequel tu discutes,
Le droit que, disons-nous, Dieu confère à des *brutes*,
Le droit de tuer l'homme, *aux hommes refusé*,
Quoique dans tous les temps ils en aient plus qu'usé.
Tu ne sauras jamais à quel point me chagrine
Un échec où se meurt la Puissance divine.
A l'homme elle interdit l'effusion du sang :
« *Non occides* », c'est net, c'est absolu, c'est franc.
Sainte interdiction, hélas ! à jamais vaine.
On rit du Tout-Puissant, et la canaille humaine,
Ne se dessaisit pas du plus petit poignard.

L'IMAGINATION, avec colère.

Si tu persistes, toi, dans ce ton goguenard,
De moi, pour qui la mort n'est pas chose frivole,
De moi, tu n'auras plus une seule parole.

LA RAISON, avec calme.

Je me tais, mon enfant.

L'IMAGINATION, avec colère.

De moi ferais-tu fi,
De moi qui te méprise et te mets au défi,
Quand tu renonceras à ta forme narquoise,
De défendre ta cause ?

LA RAISON, toujours calme, et toujours raillant.

Oh ! tu me cherches noise,
Alors que je me tais pour calmer ton tourment.

L'IMAGINATION.

Encor ! — Tais-toi... Réponds, mais sérieusement.

LA RAISON.

Quand sur les droits de Dieu ton audace prononce,
Comment espères-tu sérieuse réponse ?
Qui doute, excepté toi, que tout le genre humain,
Vertueux ou pervers, en ployant sous sa main,
Du bien, comme du mal, garde l'indépendance?
Dans des jours trop nombreux il frappe l'innocence,
Et, dans de rares jours, celui qui la frappa,
Dieu ne devrait-il point dire un « *meâ culpâ* »
— Qu'il pardonne ce mot ! — si la fatale pomme
Eût soumis son pouvoir aux caprices de l'homme ?
Non ! l'Etre qui reçut un céleste rayon,
Et l'infusoire, à qui l'impalpable ciron
Semble l'immensité, ne perdent pas la vie,
Si Dieu ne consent pas qu'elle leur soit ravie,
Dieu qui dans ta doctrine est fort mal respecté.

L'IMAGINATION.

Tigres, honneur et gloire à votre humanité !

LA RAISON.

Pour ne répondre point, réponse très-commode.
Je n'en suis pas la dupe : on connaît ta méthode.
— Au moment du combat, le droit existe-t-il
De tuer l'assaillant qui vous met en péril,
Ou doit-on lui sauver, en mourant, l'existence ?

L'IMAGINATION.

Oh ! je te vois venir : légitime défense,
Et tous ces lieux communs, pères d'atrocités,
Cent millions de fois, pour le moins, répétés,
Dent pour dent, œil pour œil, morsure pour morsure,
Main pour main, pied pour pied, et plaie et meurtrissure
Pour plaie et meurtrissure.....

LA RAISON, continuant la phrase.

Et, pour ton désespoir,
VIE, enfin, pour VIE !

L'IMAGINATION.

Eh ! ne sauras-tu pas voir
Que le tendre Jésus du féroce Moïse
A renversé les lois, qu'il anathématise
Quiconque dans le sang trempe un bras assassin ?

LA RAISON, du ton le plus railleur.

C'est mon opinion, ma chère.

L'IMAGINATION.

Esprit malsain,
Travestir ma pensée est-ce la rendre fausse ?
Tâche qu'à mes sommets ton faible esprit se hausse.
Écoute, et soumets-toi. D'un signe protecteur
Le premier meurtrier marqué par le Seigneur
N'eut pour seul châtiment que l'horreur sans seconde

Soulevée à son crime, à son nom, dans le monde.
Dieu dès lors proscrivit le mortel châtiment.

LA RAISON.

Toi, dans les livres saints chercher un argument!
C'est courir au-devant d'une sûre déroute.
« Quiconque me verra me tuera donc? » Qui doute,
S'il a compris ces mots de Caïn frémissant,
Qu'au premier crime, Dieu, du talion de sang
Reconnût la justice, et que, PAR GRACE INSIGNE,
Épargnant l'assassin, il dût lui mettre un signe (1)?
Que dit-il à Noé? « Quiconque versera
Le sang d'un fils d'Adam, en son sang périra,
Et justement, car l'homme est fait à mon image. »
Sur le mont Sinaï, dans l'éclatant nuage,
Parla-t-il autrement? Au mépris de tes droits,
A la peine de mort il revint douze fois.

L'IMAGINATION.

Mais c'est un monstre!

LA RAISON.

Dieu? Quel merveilleux blasphème!

L'IMAGINATION, haussant les épaules.

La langue m'a fourché : lance-moi l'anathème.
Es-tu niaise?

LA RAISON.

Enfin ce passage est-il clair?
« Par le fer périront ceux qui prendront le fer »
— Paroles de Jésus. — En passant, ceci prouve
Qu'un esprit sans aplomb dans l'Évangile trouve
Ce qu'il ne contient pas, sans même apercevoir
Tout ce qu'un ferme esprit nettement y sait voir.
Veux-tu, dans son entier, connaître la doctrine?

(1) Suivent 8 nouveaux vers

Sur la terre augmentant la lumière divine,
Le Sauveur conserva tout ce qu'EXPRESSÉMENT
Il ne retrancha point de l'Ancien Testament.
Tu ne pourras trouver, au Nouveau, qu'il supprime
Le châtiment mortel pour le suprême crime ;
Dieu, sous la loi d'amour, Dieu, l'auteur de tout bien,
Des échafauds sur terre a voulu le maintien.
De l'Éden châtiant la désobéissance,
Au monde il imposa la mort et la souffrance ;
Le Christ y fut, lui-même! *humainement* soumis.
Quand il était aux mains de ses vils ennemis,
Quand il portait déjà le manteau d'écarlate,
Dénia-t-il un droit, sur sa vie, à Pilate?
Non. — « Vous n'auriez, dit-il, aucun pouvoir sur moi,
« S'IL NE VENAIT D'EN HAUT. » — Il consacrait la loi
Qui devait lui ravir sa terrestre existence.
Aurait-il resplendi dans sa divine essence,
D'ailleurs, si, repoussant un supplice odieux,
Il n'eût pas accepté la croix avant les cieux?

Et dans mon argument, sans plus tarder, je rentre;
J'en sortis par ta faute. — En lui l'État concentre
Les intérêts, les droits d'un peuple tout entier.
A qui les combattra peut-il faire quartier?
La charité chrétienne à chacun est prescrite,
Quand on agit POUR SOI, mais toujours interdite,
Alors que, disposant d'un pouvoir souverain,
On fait le généreux aux dépens du prochain.
Dès que l'État mollit, le faible est sans défense,
Et recourt au stylet comme à sa Providence;
De la légalité partout sonne le glas;
La loi de Lynch surgit avec les coutelas.
Ces combats, ces duels où l'on s'entr'assassine,
Ne remontent-ils pas à la même origine?

Quand sous certaine forme un homme est outragé,
Qu'à moins de déshonneur, il doit être vengé,
Que le péril de mort le laisse sans alarme,
Que j'arrive trop tard, il se saisit d'une arme,
Et, sous la loi muette, en libre citoyen,
Il en fait de ses droits le funeste soutien.

L'IMAGINATION.

Oui, c'est un lieu commun usé jusqu'à la corde.
L'État concentre en lui tous les droits : je l'accorde.
Il s'agit d'autre chose. A l'heure du combat,
On frappe l'ennemi que sous soi l'on abat ;
Mais s'il se rend, s'il offre à son vainqueur sa tête,
La flamboyante épée au même instant s'arrête.

LA RAISON, raillant.

Mon Dieu ! que c'est bien dit ! J'admire de tout cœur.
Voyons un autre exemple : Un molosse en fureur,
Un molosse enragé, sur un homme s'élance,
Le mord, puis rentre au calme. Avant qu'il recommence,
A-t-on reçu du ciel le droit de le tuer ?
N'a-t-on pas le devoir plutôt de commuer,
Ne doit-on pas au bagne envoyer cette brute !

L'IMAGINATION, indignée.

Blasphémer sans courroux !

LA RAISON.

Pas du tout : je discute.
Mais, plus tard, sur ce point nous pourrons revenir.
Au premier, sagement, tu veux bien consentir :
Dans l'intérêt public l'État en lui condense
Les droits particuliers?

L'IMAGINATION, avec dédain.

Oh! découverte immense !
Songe à trois mots si grands, si saints : « Répression,
« Expiation... »

LA RAISON, *étonnée.*

Bah!

L'IMAGINATION.

« Moralisation, »
Qui renferment entre eux toute la loi pénale,
Et garde tes lazzi pour chose moins fatale.

LA RAISON.

Dispose mieux ces mots : CIEL, *expiation;*
TERRE, par le clergé, *moralisation,*
Par la société, *répression.* Le sage
En fit toujours ainsi le solennel partage,
Et se rit des discours où plus d'un ergoteur
Part d'un principe faux, argumente en vainqueur,
Des humains se prétend pour le moins un apôtre,
Confond tous les devoirs, annule l'un par l'autre,
Et construit dans le vide un fantastique État
Où ne pourrait durer deux jours un potentat.
De l'expiation le Seigneur reste arbitre;
Artistes en vertus (ils ont droit à ce titre),
Les soldats de l'autel, je l'ai dit autre part,
Jamais ne sont vaincus, même atteints, dans leur art.
Le pouvoir social leur doit son assistance,
Sans prétendre en ce point à la prééminence :
Il a d'autres devoirs. A la répression
Suffisent à grand'peine et sa forte action,
Et les nombreux agents qu'à son aide il appelle;
La tâche de vengeur est pour lui la plus belle:
Qu'il ne poursuive pas ce qui fuit de sa main.

L'IMAGINATION.

Sans même renoncer à l'holocauste humain!

LA RAISON.

En ces jours que de nous sépare un tel abîme,
Quand l'homme à ses faux dieux offrait l'homme en victime,

A la peine de mort s'ajoutaient les tourments.
Holocauste, supplice *en ses raffinements*,
Ont cessé, grâce à moi, d'épouvanter le monde,
Et la peine mortelle où fleurit ta faconde,
Au sacrifice humain n'ayant aucun rapport,
De ce que je protége eut justement le sort :
Par moi de siècle en siècle elle fut maintenue.

L'IMAGINATION.

Ton antique rigueur ne m'est que trop connue !

LA RAISON.

La contradiction me semble être dans toi,
Des pieds jusqu'à la tête, une suprême loi.
Tu ne m'accordes pas le droit que je réclame
De tuer les tueurs : ce droit te semble infâme.
C'est peut-être l'excès, l'abus de ta bonté ;
Mais pourquoi déployer tant de férocité
A chanter la vapeur, cette reine farouche
Qui trône sans jamais qu'une larme la touche,
Qui prépare à la mort l'enfer industriel
Où la victime jette en vain ses cris au ciel,
Où, de l'horrible faim subissant l'embauchage,
Chaque jour plus nombreuse elle court au carnage ?
Dans nos temps mal jugés, au sanglant échafaud
Plus sobre, plus humain, comme proie il ne faut
Qu'un seul trépas, sur mille acquis à l'industrie :
Tu la chantes pourtant de massacres flétrie !

L'IMAGINATION.

Ame basse, tu veux ravir aux citoyens
Des plus beaux dévouements un des plus beaux moyens.
Si je nie à l'État sur de coupables vies
De plus coupables droits, à de nobles envies
J'accorde un droit sacré. Maître de son destin,
Qu'un homme pour un homme à son trépas certain

S'élance librement ; pour l'État, qu'il affronte
Les périls d'industrie où la mort est sans honte

LA RAISON.

Quel beau feu d'artifice! Au vrai le faux s'y joint,
En tirant des pétards qui ne m'éclairent point.
Des héros tu confonds les morts libres, sublimes,
Avec celles qu'impose à ses pâles victimes
La faim, dans les métiers où partout le danger
Poursuit le travailleur qu'ils devraient protéger,
Où (sans faire une phrase) IL FAUT PÉRIR POUR VIVRE.
Au champagne du *mot* ta faconde s'enivre,
Dans sa réalité, tu ne vois plus le fait ;
Tu vas jusqu'à changer le mal en bien parfait.
Aujourd'hui t'éprenant de la mort violente
Qui frappe des humains la partie *innocente*,
Tu prétends aux *Bandits* épargner l'échafaud.
D'un vulgaire bon sens tu n'as pas le défaut.

L'IMAGINATION.

Je ne répondrai pas à pareilles sornettes ;
Fi ! mes convictions en ressortent plus nettes.

LA RAISON.

Ça ! de Solférino tu chantas le vainqueur.

L'IMAGINATION.

Et qui pourrait blâmer ma poétique ardeur ?
« Sur la funèbre table où le jeu des batailles
« De la gloire aux guerriers ouvre les funérailles,
« Un potentat fameux vient de jeter son dé,
« Et de trois grands États le sort est décidé !
« Combien d'êtres obscurs, alors que ce dé tombe,
« Par une seule main sont marqués pour la tombe !
« Soldats de la patrie, et soldats du devoir,
« L'infâme vous croit, seul, un lâche désespoir.
« A vingt ans vous quittez, en pleurant, les demeures
« Où votre adolescence eut ses plus douces heures,

« Et vous entrez, craintifs, aux vieilles légions :
« Un même jour vous fait hommes, soldats, lions,
« Bondissant aux périls comme aux jeux de votre âge;
« Votre noble furie, au travers du carnage,
« Courant à l'héroïsme et rencontrant la mort
« De chaque survivant exaspère l'effort... »
Mes vers sont bons.

LA RAISON.

Nos vers, ô fille inconséquente !
Je les ai corrigés : donc l'œuvre est excellente.
— La France étant complice, en une seule fois,
Dix milliers d'innocents, sous Napoléon trois,
Furent sacrifiés, et puis l'on me conteste
Quelques affreux bandits ! c'est protéger la peste.

L'IMAGINATION.

Quelle différence !

LA RAISON.

Oui. De leur sang le plus pur,
Pour un motif restant à la plupart obscur,
De nobles jeunes gens, libres de toute haine,
Pleins de saintes ardeurs, arrosèrent la plaine
Où la France a pleuré ses plus dignes enfants.
Je ne compare pas des héros triomphants
A l'assassin vaincu que frappe après son crime
Le fer dont il frappa l'innocente victime.
La mort en sa moisson, quand elle a pour faucheur
Un brillant conquérant, par son aide vainqueur,
Au sublime, ma belle, au délire t'exalte ;
Devant la tombe pleine as-tu jamais dit ; Halte (1) !
Mais à Solferino pourquoi remontons-nous ?
« Autre temps, *mêmes* mœurs. » — Le céleste courroux
Durant six mois de guerre (2) entre Allemagne et France,

(1) Suivent 40 nouveaux vers.

(2) Du 6 août 1870, jour de la première bataille, au 28 janvier 1871, jour de l'armistice.

De la mort déchaîna la suprême démence,
Et lui laissa faucher leurs plus vaillants guerriers.

L'IMAGINATION, interrompant.

Combien? dix milliers?

LA RAISON,

Non : cent trente-cinq milliers (1).

L'IMAGINATION.

Oh!

LA RAISON.

Puis, la *patriote* et *bénigne* Commune,
De la guerre civile essayant la fortune,
En soixante-onze jours (2) d'effroyables excès,
Fit s'entre-massacrer vingt milliers de Français.

L'IMAGINATION.

Mensonge abominable! horrible calomnie!

LA RAISON.

Mes nombres sont certains.

L'IMAGINATION.

Ils sont faux : je les nie...

LA RAISON.

Ils sont vrais : j'en réponds. — Pour combler nos malheurs,
Elle réalisa d'impossibles horreurs :
Sous le plomb, sous le fer, vingt-un innocents prêtres (3)

(1) Les documents officiels *allemands* constatent la mort de 44,996 officiers ou soldats prussiens. J'ai évalué au double les pertes de la France : en tout 135,000 victimes. Ai-je été trop large dans mes évaluations? Non!

Il résulte d'autres documents *allemands* que le nombre des tués et des blessés s'élève à 64,897. Il y aurait donc eu 19,901 blessés, guéris *plus ou moins*, en dehors des 44,996 tués ou morts des suites de leurs blessures.

(2) Du 18 mars au 28 mai 1871.

(3) Grande-Roquette, 5 victimes.
Rue Haxo, 11
Avenue d'Italie, 2
Petite-Roquette, 3
Total. . . 21 victimes.

Comme otages saisis, enfermés par des traîtres,
Revirent le soleil, pour succomber aux coups
De bourreaux dont l'Enfer a droit d'être jaloux.

L'IMAGINATION.

Tu t'égares!

LA RAISON.

Comment?

L'IMAGINATION.

L'univers les admire;
Ils sont glorifiés par le plus beau martyre;
Rappelant les humains à la Religion,
Le Seigneur a voulu leur immolation.

LA RAISON, irritée.

Il voulut démontrer que sainte Guillotine
Garde, seule, un moyen d'épurer la sentine,
Où des pires bandits le ban, l'arrière-ban
Viennent faire leur cour à l'infernal Sultan.

L'IMAGINATION.

Pour ces déshérités tu voudrais un calvaire!

LA RAISON, haussant les épaules.

Aux assassins payant un impôt sanguinaire,
Soixante et un laïcs (1), soldats ou citoyens,
Otages presque tous, tués comme des chiens,

(1)

Président Bonjean	1
Pharmacien Koch et trois autres	4
Gustave Chaudey	1
Jecker	1
Victimes, rue Haxo	2
Dominicains non prêtres	11
Chaulieu	1
Général Lecomte	1
Général Clément Thomas	1
Gardes républicains à Sainte-Pélagie	3
Gardes et gendarmes, rue Haxo	35
	61

A l'éternel honneur des bandes sataniques,
Rejoignirent au ciel les ecclésiastiques.

L'IMAGINATION, avec dédain.

Question mal posée.

LA RAISON.

A ces forfaits *de choix*
La guerre, aimable enfant, ouvre-t-elle ces droits?
S'ils ne sont pas bénis par le catholicisme,
Doivent-ils l'être au moins par le patriotisme?
Fallait-il châtier les tueurs par le plomb,
Ou leur mettre à jamais une auréole au front?

L'IMAGINATION.

Avec toi, juste ciel! qu'il faut de patience!

LA RAISON.

Ne prends donc pas mon rôle.

L'IMAGINATION.

Eclaire ta science :
Emprisonne, en esprit, dans leurs affections,
Leurs tendres sentiments, leurs tendres passions,
Les hommes, tous soumis à ton bras invincible,
La guerre, *humainement*, serait-elle possible?
Et pourtant elle existe, et le plus noble emploi
Est celui du héros, où le fer fait la loi,
Où l'homme, adorateur de la mort qu'il dédaigne,
Dans le sang innocent, comme un tigre se baigne,
Où, sans courroux, sans peur, sans remords, sous l'azur,
Du carnage il subit l'enthousiasme pur,
Mais le dompte bientôt, et, par un beau contraste,
Prend des douceurs d'agneau. Telle l'épouse chaste,
Aux transports d'un époux immolant sa pudeur,
Laisse l'amour fougueux apparaître en son cœur,
Mais borne le délire, au calme le ramène,
Et dans sa pureté bientôt se rassérène.

La guerre est une énigme à qui n'en cherche pas
Dans un ordre du ciel l'épouvantable appas,
A qui ne sait pas voir en ses horreurs aimées
Que le Dieu des chrétiens est le Dieu des armées.
A l'homme il l'imposa le jour qu'il le maudit.

LA RAISON, raillant.

J'ai déjà lu cela, même beaucoup mieux dit.
Je vois avec bonheur que, sans miséricorde,
Le droit de tuer l'homme à tout homme s'accorde....
Aussitôt que tambour, et trompette, et clairon,
Egayant le fusil, égayant le canon,
Avec ou sans musique, au carnage, en mesure,
Conduisent le soldat.

L'IMAGINATION, indignée.

Plaisanterie impure !

LA RAISON, avec dédain.

Que de mots incongrus, malsonnants, déplacés,
Parfois même grossiers, sans esprit entassés !

L'IMAGINATION.

Je ne puis me contraindre.

LA RAISON, raillant.

Oh ! quelle virulence !
Et nous ne différons que par une nuance.
Tu m'accordes la mort, quant à la *quantité*,
En ne me querellant que sur la *qualité*.
— Tantôt tu me gâtas une fort belle page :
J'en traduis le *sens*, moi, dans un style plus sage.
L'homme, *pour l'incroyant*, de toute éternité,
Ou du jour que le ciel créa l'humanité,
Et, *pour le vrai croyant*, du jour où dans le monde
Satan jeta du mal la semence féconde,

L'homme est un carnassier. Il en a les ardeurs,
Les goûts, les appétits, les besoins... les fureurs!
Aux lois de sa nature, à l'amour du carnage
Il n'obéit que trop : du sang il prend la rage.
Pour vaincre ses instincts, mais en les conservant,
Dieu me le confia. Ma puissance souvent
Succombe sous la bête en lui toujours active;
La lumière d'en haut dès lors sans force vive,
N'éclaire les instincts qu'en leur férocité,
Et pour le mal leur donne une sombre clarté.
L'homme, poétisant leur côté sanguinaire,
Appelle enfin *vertus* les *forfaits* de la guerre,
Et passe à l'héroïsme... en tuant son prochain,
En acceptant, vaincu, mais riche de dédain,
Le trépas que, vainqueur, il garde à sa victime.
— Au débat! L'épisode à grand tort le supprime.

L'IMAGINATION.

Le grand Beccaria hait la peine de mort!
Je suis folle, oui. Mais, lui, pourrait-il avoir tort?

LA RAISON.

Tu ne l'as jamais lu, tu parles sur ouï-dire.

L'IMAGINATION.

Mais je sais qu'il la hait : inutile de lire!

LA RAISON.

« Les hommes, commençant une société (1),

(1) La souveraineté et les lois ne sont que la somme des petites portions de liberté que chacun a cédées à la société. Elles représentent la volonté générale, résultat de l'union des volontés particulières. Mais qui jamais a voulu donner à d'autres hommes le *droit* de lui ôter la vie? Et doit-on supposer que, dans le sacrifice que chacun a fait d'une petite partie de sa liberté, il ait pu risquer son existence, le plus précieux de tous les biens? Si cela était, comment accorder ce principe avec la maxime qui défend le suicide? Ou l'homme a le droit de se tuer lui-même, ou il ne peut céder ce droit à un autre, ni à la société entière... La mort d'un citoyen ne peut être regardée comme nécessaire que pour deux motifs. Première-

« Des droits de la nature à la communauté
« Cédèrent sagement une faible partie,
« Pour avoir du surplus complète garantie.
« Mais sur sa propre vie accorda-t-on pourtant
« Au pouvoir qu'on élut un droit préexistant?
« Le dire, c'est risquer les démences suprêmes :
« Aux hommes Dieu défend de disposer d'eux-mêmes;
« Mais si le suicide est un crime pour eux,
« De se faire tuer ont-ils le droit affreux?
« Dans l'un et l'autre cas le forfait est semblable. »

L'IMAGINATION.

Bravo! chère Raison : tu deviens raisonnable.

LA RAISON.

C'est du Beccaria, sans un seul mot de moi.

L'IMAGINATION.

Dans cette question justement il fait loi!

LA RAISON.

S'il n'eût jamais écrit que ce pauvre sophisme,
Il aurait dans ton cœur des droits au fanatisme.

L'IMAGINATION.

Tu me tendais un piége!

LA RAISON.

En citant ton auteur?
Pouvais-je faire mieux pour te gagner le cœur?

ment, dans ces moments de troubles où une nation est sur le point de recouvrer ou de perdre sa liberté. Dans les temps d'anarchie, lorsque les lois sont remplacées par la confusion et le désordre, si un citoyen, quoique privé de sa liberté, peut encore, par ses relations et son crédit, porter quelque atteinte à la sûreté publique, si son existence peut produire une révolution dangereuse dans le gouvernement établi, la mort de ce citoyen devient NÉCESSAIRE. Mais sous le règne tranquille des lois..... il ne peut y avoir aucune nécessité d'ôter la vie à un citoyen, *à moins que la mort ne soit le seul frein capable d'empêcher de nouveaux crimes*. Car alors ce second motif autoriserait la peine de mort et la rendrait NÉCESSAIRE (Beccaria).

De l'état social, le jour qu'on le proclame,
Si l'on admet pour vrai que la partie infâme
Garde un droit naturel, dans son intégrité,
Pour elle, ses enfants et sa postérité,
Par des restrictions on ne peut plus mentales,
Elle repousserait toutes peines légales,
Les bagnes, les prisons, aussi bien que la mort.
Ce serait faire au crime un très-commode sort,
Si, comme correctif à pareil avantage,
Dont la partie honnête aurait le libre usage,
Les amis, les parents de tout assassiné
N'avaient de même un droit au poignard dégaîné.
L'idéal social créé sur cette base
Du moindre sens commun fait d'abord table rase.
L'association entre les plus pervers
Contre ses défaillants tient les couteaux ouverts;
L'association que notre auteur suppose
Des honnêtes gens seuls, au début, se compose,
Certains, *alors*, qu'au bien ils ne peuvent faillir;
Mais, des pervers futurs voulant se garantir,
Ils ne peuvent donner, à cette même époque,
Le droit de massacrer, *sans un droit réciproque*,
Comme Beccaria, sur la société,
Reprise à son début, si j'avais discuté,
J'aurais dit, moi Raison, que par mansuétude
S'établit l'échafaud....

L'IMAGINATION, interrompant.

Oh! quelle turpitude!
A moi le noble rôle, à moi, la folle, à moi!

LA RAISON, haussant les épaules.

Quel tapage, mon Dieu! De grâce calme-toi.
Dans l'État social, à l'heure qu'il commence,
Combien d'assassinats d'un seul sont la vengeance!

Les parents d'un tué poursuivent l'assassin,
Le frappent ; mais le fer qu'ils plongent dans son sein
A créé des devoirs, des droits à sa famille ;
Dans les mains d'un parent, d'un fils bientôt il brille,
Et la société compte un crime de plus :
Ainsi les héritiers, au poignard dévolus,
Lèguent à leurs enfants la vendetta fertile
Qui, dans un premier crime a le germe de mille.
Quand, lassés du poignard, les citoyens en deuil
Ne veulent plus descendre en un sanglant cercueil,
De l'État, plus fort qu'eux, implorant l'assistance,
Ils laissent à ses soins la commune défense,
Et, contre le forfait, ils lui cèdent leur droit.
Alors l'assassinat rapidement décroît ;
A la société, suprême vengeresse,
Des familles jamais le poignard ne s'adresse ;
De crimes successifs les expiations
Qui liaient dans le sang vingt générations
Cessent à la première, et n'ouvrent que deux tombes ;
Des vengeurs ont pris fin les sombres hécatombes,
Et, PAR MANSUÉTUDE, on dresse L'ÉCHAFAUD.

L'IMAGINATION.

De ton raisonnement m'échappe le défaut,
Bien qu'il existe. Au mal il te sert de prétexte ;
Mais de Beccaria je veux lire le texte.

LA RAISON, raillant.

C'est chercher par trop loin des appuis contre moi ;
J'en connais de plus près, de meilleurs, qui font loi.

L'IMAGINATION.

Et, de grâce, lesquels?

LA RAISON, de plus en plus railleuse.

L'excellent Robespierre !
Il a mis en discours ta thèse tout entière.

L'IMAGINATION.

Monstre !

LA RAISON.

De la vertu ce noble spadassin (1)
A vu dans l'échafaud un outil d'assassin.
Sa conduite plus tard, discutable, mais pure...

L'IMAGINATION, interrompant.

Raison, c'est abuser.

LA RAISON, reprenant.

M'est une preuve sûre
Qu'en homme de génie, à son opinion
Il savait adapter plus d'une exception.

L'IMAGINATION.

Es-tu venimeuse !

LA RAISON.

Oh ! moi qui te viens en aide !

L'IMAGINATION.

Finis, et promptement !

LA RAISON.

A ton désir je cède,
Et je vais te *charmer*. Le grand Beccaria,
Trahissant sa doctrine, avec moi s'allia
Pour ne pas affranchir de la fatale peine
Les criminels d'État.

L'IMAGINATION.

Dieu ! quel énergumène !
L'attentat politique est celui des héros ;

(1) Lire son discours du 30 mai 1791, à l'Assemblée nationale.

Au genre humain en marche ils brisent les barreaux
Des infâmes prisons par les tyrans fondées
Pour y faire avorter et périr les idées.
Que tout gouvernement, se défendant contre eux,
S'il échappe à leurs coups, d'un exil généreux
Punisse leur échec, il faut bien s'y résoudre.
Mais qu'il lance sur eux sa déloyale foudre,
Qu'il livre à l'échafaud ses plus nobles enfants,
Pour n'avoir pas été contre lui triomphants,
C'est le mal dans l'égout, c'est l'enfer dans le monde,
C'est l'impur dans l'abject, l'ignoble dans l'immonde,
L'infâme dans l'horreur, l'affreux dans l'odieux,
C'est la férocité dans l'ignominieux.

LA RAISON, haussant les épaules

Si la peine de mort pour le crime ordinaire
Devenait inutile, il serait nécessaire,
Que dis-je? indispensable à tout gouvernement
Ou despotique, ou mixte, ou libre effrénément,
De l'opposer encor au crime politique.

L'IMAGINATION.

C'est manquer, malheureuse, à la simple logique.

LA RAISON.

Logique ? D'un tel mot sais-tu l'acception ?

L'IMAGINATION.

Aussi bien, mieux que toi.

LA RAISON.

Quelle prétention !
Saint-Régent, Orsini, Fieschi, trois infâmes,
Pour qui *logiquement* d'amour pur tu t'enflammes,
— Ils sont dignes de toi ! — des bandits stupéfaits
Trois fois ont dépassé les suprêmes forfaits.

Ces monstres gangrenés de venin politique
Montrèrent les horreurs dont rit le fanatique :
Pour atteindre un seul homme ils en tuèrent cent,
En exposèrent mille..., et, noyés dans le sang,
N'y purent noyer ceux que poursuivait leur rage.
A chanter ces héros *ta logique* t'engage ?
Je te reconnais là.

L'IMAGINATION.

C'est abuser.

LA RAISON.

En quoi ?
Je me borne à conclure.

L'IMAGINATION.

En te jouant de moi.
Si l'erreur est un crime, ils furent bien coupables.
Mais tu ne comprends pas qu'ils sont tous excusables.

LA RAISON.

Hélas ! j'en ai grand'peur.

L'IMAGINATION.

De ces autres héros,
Sur qui ta sombre voix appelle les bourreaux,
De ces conspirateurs dont la main est une âme
Au profit d'une idée enfonçant une lame,
Sans hésitation, sans remords, sans terreur,
Bien haut je chanterai la sauvage grandeur.
Ils affrontent la mort ! Leur dévouement sublime
Par un tyran vainqueur est traité comme un crime !

LA RAISON.

Tu ne te trompes point. Le tyran est ingrat.
Il sert de point de mire au noble scélérat,

Et ne prend aucun goût à la mansuétude !
Comment n'en a-t-il point encore l'habitude ?
C'est bien indélicat !

L'IMAGINATION.

Et c'est infâme à toi !
Tu te perds en lazzi.

LA RAISON.

Là ! là ! pas tant d'émoi.
Tous les conspirateurs, jusqu'au temps où nous sommes,
Par leur sombre énergie étaient au moins des hommes.

L'IMAGINATION.

Grands hommes !

LA RAISON.

Je t'y prends ! — A l'heure des poignards,
Du crime politique ils prenaient les hasards ;
En condamnant à mort le chef de quelque empire,
Ils savaient qu'au supplice il leur fallait souscrire,
Quand défaits aux combats, martyrs *nullement saints*,
Ils en sortaient vaincus et non pas assassins.
Mais de l'assassinat, dans nos temps de prudence,
Si les conspirateurs ont toujours l'arrogance,
De la peine de mort ils prêchent l'abandon
Qui dans nombre de cas équivaut au pardon,
Et, grâce à cette ruse, à cette perfidie,
Ils jetteraient la mort, la guerre et l'incendie,
Courageux sans périls, dans l'État désarmé.

L'IMAGINATION.

Quoi ! nul conspirateur par toi n'est estimé ?

LA RAISON.

Parmi ceux où la rage arrive au paroxysme,
Quelques-uns du respect m'inspirent le cynisme.

L'IMAGINATION, étonnée.

Le cynisme!

LA RAISON.

Voyons, respectes-tu les loups?

L'IMAGINATION.

Comme tantôt les chiens. Absurdité!

LA RAISON.

Tout doux!

L'IMAGINATION.

Eh! non, mille fois, non! Question saugrenue!

LA RAISON.

C'est un tort : leur espèce au carnage est tenue;
Mais l'homme, en même temps, ayant reçu du ciel
Droit à sa propre vie, il massacre sans fiel,
En respectant, aimant, pleurant même la bête,
Le loup qui loin des bois d'un repas est en quête.
De même un potentat traite un conspirateur,
Admirant ses vertus, déplorant son malheur.
Crois-tu qu'un souverain, même le plus indigne,
A son renversement, sans combats, se résigne?

L'IMAGINATION.

Entre impurs potentats et conspirateurs purs
Le combat s'établit; grands hommes, bien qu'obscurs,
Ceux-ci brisent la chaîne où tous les peuples souffrent,
Ouvrent de leurs poignards les cachots où s'engouffrent
Les libertés, la vie et le bonheur humains.

LA RAISON.

Surtout quand les poignards sont dans les saintes mains
Qui frappèrent jadis cet *infâme* Henri quatre,
Et tant d'autres!

L'IMAGINATION.

En vain tu prétends me combattre,
N'as-tu pas conseillé des conspirations?

LA RAISON.

Tu te trompes : c'étaient des révolutions.

L'IMAGINATION.

Querelle de mots!

LA RAISON.

Non. Mais querelle de choses.
Il est, de loin en loin, de solennelles causes
Où je prêche en effet les bouleversements,
Et j'accepte dès lors leurs affreux compléments,
Le sang versé, la mort, et, pour suite fatale,
Le trouble des esprits, la ruine morale.
A l'heure où, déchaînant les nations en deuil,
A tant d'iniquités je semble faire accueil,
Je me borne à souffrir la sombre conséquence
Que l'œuvre des tyrans enfante par essence,
L'âpre réaction du mal contre le mal!
Je me résigne au bien à ce prix infernal,
Mais je n'exige pas qu'un potentat pardonne
A qui veut lui ravir la vie ou la couronne.
La clémence est un luxe, aux offensés charmant,
Aux nations fatal, permis, mais rarement.
Par la répression de toute vaine émeute,
Des scélérats l'État met aux abois la meute,
Et les honnêtes gens ne sont pas condamnés
A disputer leur vie à tous les forcenés
Sûrs de l'impunité, quand leurs fureurs vénales
Sur la foule sans arme ont fait siffler leurs balles.
Du plus juste attentat le triomphe éclatant

De si terribles maux s'accompagne pourtant,
Qu'on peut toujours douter des bienfaits qu'il apporte.
Donc les conspirateurs dont le complot avorte,
N'apportant que les maux des complots réussis,
N'ont droit qu'au traitement des pervers endurcis;
Donc les conspirateurs, vainqueurs, vont à la gloire,
Vaincus, à l'échafaud. D'un sombre aléatoire
Un prince généreux peut, seul, les affranchir.
C'est là, plus que partout, qu'il faut vaincre ou mourir.
Du pardon politique un lâche est, seul, en quête :
Quand on joue un empire, il faut jouer sa tête.

L'IMAGINATION.

C'est très-vrai. Pour donner à ses convictions (1)
La sanction sublime entre les sanctions,
Sur un morne échafaud il faut jouer sa tête.
Je veux la liberté d'une sinistre fête
Pour qui la veut offrir, apôtre de sa foi,
Saint martyr devançant mille forfaits d'un roi.
Tuer pour échapper à l'horreur monarchique,
A jamais restera la *caractéristique*
D'un vengeur patriote au bras républicain,
Qui résume en lui seul le peuple souverain.
Sur la France abattus incomparables aigles,
Les fameux Jacobins, comme règle des règles,
Choisirent celle-ci, l'appliquèrent toujours,
Et ne perdirent pas leur temps en vains discours.

LA RAISON.

Pour ce cas réservé, tu veux la mort sanglante?

L'IMAGINATION.

Je veux le droit sacré d'une mort flamboyante.

(1) Les 16 vers nouveaux qui suivent sont traduits de la prose de l'*Emancipation de Toulouse*, citée par le *Progrès libéral* et par l'*Union* du 24 octobre 1868.

LA RAISON.

Quel superbe gâchis! De tes opinions
Bien fin qui compterait les évolutions.

L'IMAGINATION.

Ton esprit aveuglé plonge en pleines ténèbres.
Mais passons. — Tu n'as pas quelques larmes funèbres
Pour l'amant qui se tue, et survit par hasard,
En tuant son amante?

LA RAISON.

Erreur d'un *sûr* poignard,
Et, comme c'est toujours la femme qui succombe,
Je tiens à ce qu'elle ait pour compagnon de tombe,
Grâce à moi, l'amoureux qui, se donnant la mort,
Après l'avoir tuée, échoue en son effort.

L'IMAGINATION.

Impitoyable!

LA RAISON.

Oh! non. Je compatis aux femmes
Toujours de bonne foi dans ces funèbres flammes
Que le sang éteint seul. Mon trop juste courroux
Au traître plein de vie adresse tous ses coups,
A l'amant qui, frappant l'amante d'un bras ferme,
De son poignard s'effleure ensuite l'épiderme.
Si l'on croyait en moi, plus d'un de ces tueurs
Mourrait supplicié.

L'IMAGINATION.

Tu ne vis que d'horreurs.

LA RAISON.

Si, pour l'amour du bien, les jurés débonnaires
Avaient contre l'amant de sanglantes colères,
On en massacrerait quelques femmes de moins.

L'IMAGINATION.

Chez toi toujours au sang les quolibets sont joints.

LA RAISON.

Très-sérieusement voudrais-tu bien me dire (1)
Comment on doit traiter l'ouvrier en délire,
Quand, se coalisant, sous menaces de mort,
Il demande, il exige un moins malheureux sort,
Quand un loyal patron est sûr que, s'il l'écoute,
Il a fait une étape en pleine banqueroute.
L'ouvrier ameuté va frapper le patron :
Que aire?

L'IMAGINATION.

C'est très-simple : on lui parle raison.

LA RAISON.

C'est mon métier : Tu vas à tort sur mes brisées.
Mes paroles de paix sont des billevesées,
Du moins pour l'ouvrier. Dans ces funestes jours,
Par devoir au début, mais en vain, j'y recours.
Sur le sol est gisant déjà plus d'un cadavre;
Par la peine de mort, bien que cela te navre,
L'ouvrier a puni les refus du patron,
Martyr, et non coupable ; et dès lors, moi Raison,
Pour défendre mes droits, je recours à la force;
J'appelle le soldat ; à la première amorce
Je mets le feu, moi-même, et, sans inimitié,
Mais sans aucun remords, sans aucune pitié,
Sans pouvoir distinguer l'innocent du coupable,
Femme forte toujours, je deviens implacable,
Et sur les assassins précipitant les coups,
Je fais tomber vaincu l'ouvrier à genoux....
Quoi ! tu ne pleures pas?

1) Suivent 28 nouveaux vers.

L'IMAGINATION.

Ce sont des représailles :
Je proscris les bourreaux, et non pas les batailles.

LA RAISON.

C'est vrai : sous cette forme on a droit de tuer.

L'IMAGINATION.

Et sous d'autres au sang tu veux m'habituer.

LA RAISON.

Je l'aime moins que toi. Dans la gloire il te charme.
Celui qu'elle répand ne vaut pas une larme...
Pour toi.

L'IMAGINATION, interrompant.

Quand l'ai-je dit?

LA RAISON.

Je connais tes amours,
Voyons si je me trompe. — Implacable toujours,
La discipline exige, et souvent la main haute,
Qu'on fusille un soldat coupable d'une faute,
Qui, presque sans valeur, est telle en son effet,
Comme réaction, qu'on la traite en forfait.
Tu le sauverais, toi?

L'IMAGINATION.

Qu'un guerrier soit indigne,
Au supplice, moi-même, au plomb je le désigne.
L'homme avili qui manque au devoir du soldat
Mérita-t-il jamais que pour lui l'on gardât
La pitié réservée au scélérat vulgaire?
Pour un forfait si grand toute peine est légère;
Logique toujours...

LA RAISON, interrompant.

Oui : c'est ton constant défaut.

L'IMAGINATION.

Silence! — à ce maudit j'épargne l'échafaud.
Pour lui je ne veux pas, fidèle à ma doctrine,
Le bourreau qui dégrade, alors qu'il assassine;
Pour lui, ses compagnons ont le fusil vengeur;
Quand on lui prend la vie, on lui laisse l'honneur;
Pour lui, ne sonne pas l'heure de la bataille :
Pourtant il meurt soldat, il meurt par la mitraille.

LA RAISON.

Tu pourrais bien finir aux Petites-Maisons.

L'IMAGINATION, avec dédain.

Ton œil pénètre-t-il mes vastes horizons?

LA RAISON.

Beau style! Mais pour moi quittes-en les échasses;
Je marche terre à terre : à courir tu me lasses.
— Mourir sur l'échafaud, suivant toi, c'est affreux,
Et mourir fusillé, c'est heureux, très-heureux;
Car des deux châtiments, pour un forfait semblable,
Le premier déshonore, et l'autre est honorable.

L'IMAGINATION.

Je ne l'ai jamais dit!

LA RAISON.

La criminalité
Gît dans le seul supplice, et pour l'exécuté,
Je parle du soldat qu'on passe par les armes,
Si l'honneur qu'on lui fait n'avait pas mille charmes,
Il serait difficile? A lui le plomb mortel,
Et, COMME CHATIMENT, la vie au criminel.
Que tu raisonnes bien! Je ne veux plus combattre :
Deux et deux faisant six, trois et trois feraient quatre.

L'IMAGINATION, avec colère.

Voyez l'impertinente et son bel argument!

Tiens ! tu n'es bonne à rien, et tu fuis lâchement,
Dans cette question, ce qu'elle a d'effroyable :
L'erreur qui tue un juste, en le croyant coupable.

LA RAISON, avec âpreté.

Non, je ne fuis jamais, même en tes plus beaux jours.
Maintenant tu vas voir si j'use de détours.
Parmi les innocents sur qui tombent les crimes,
Qu'aimes-tu mieux, réponds ! une ou bien deux victimes

L'IMAGINATION.

Railler ! railler toujours !

LA RAISON.

Non, certe, en ce moment :
Il est trop solennel. Réponds !

L'IMAGINATION.

Une, vraiment !

LA RAISON.

Je te le dis bien haut : qu'un innocent succombe,
Tué par une erreur où la justice tombe,
De très-loin en très-loin, sans faiblir, j'y consens...

L'IMAGINATION, interrompant.

Epouvantable horreur !

LA RAISON, continuant.

si plusieurs innocents,
Pour un seul immolé dans ces noirs sacrifices,
Sont sauvés.

L'IMAGINATION.

Non, non, non.

LA RAISON.

Reprenons nos prémisses.
DE LA PEINE DE MORT, DANS MILLE CAS, LA PEUR,

AU MOMENT DU FORFAIT, ARRÊTE UN MALFAITEUR.
Si l'état social, supprimant un coupable,
Sauve dix innocents, la logique implacable
Exige qu'on accepte, et d'un stoïque esprit,
Les *si rares* erreurs où l'innocent périt.
Hors au seul scélérat pour qui tombe sa tête,
Il semble un criminel qu'en ses forfaits arrête
L'échafaud, et, mourant victime de la loi,
Par son supplice inique il jette un juste effroi.
Juges, peuple, jurés, dans ces heures funèbres
Ont perdu la clarté sous les mêmes ténèbres ;
Mais, quand le jour a lui, par sa mort le martyr
A dix fois empêché le poignard de rougir.

L'IMAGINATION.

« Cent mille hommes criblés d'obus et de mitraille (1) ;
« Cent mille hommes couchés sur un champ de bataille,
« Tombés pour leur pays par leur mort agrandi,
« Comme on tombe à Fleurus, comme on tombe à Lodi,
« Cent mille ardents soldats, héros et non victimes,
« Morts dans un tourbillon d'événements sublimes,
« D'où prend son vol la fière et sainte liberté,
« Sont un malheur moins grand pour la société,
« Sont pour l'humanité, qui sur le vrai se fonde,
« Une calamité moins haute et moins profonde,
« Un coup moins lamentable et moins infortuné,
« Qu'un innocent — un seul innocent — condamné,
« Dont le sang ruisselant sous un infâme glaive,
« Fume entre les pavés de la place de Grève ;
« Qu'un juste assassiné dans la forêt des lois,
« Et dont l'âme a le droit d'aller dire à Dieu : Vois !

(1) Suivent 36 vers nouveaux.
Les 16 premiers ne sont qu'une citation empruntée au journal *Le Figaro*, 1er avril 1870.

LA RAISON.

Cent mille vers boiteux que le bon goût réprouve ;
Cent mille effets heurtés que le mauvais goût trouve ;
Cent mille mots hurlant dans leur âpre union ;
Cent mille concetti pleins de prétention,
N'empêcheront jamais que cent mille victimes
Valent plus qu'une seule, en prose comme en rimes.
Dieu répondrait à l'âme : « Enfant, toi-même, vois !
« Les nombres que je fis ont d'inflexibles lois.
« Mes anges et moi-même, en ma toute-puissance,
« Nous n'en pourrions changer, modifier l'essence.
« Du néant, à ma voix, sortit chaque infini ;
« Mais le CONTRADICTOIRE y demeura banni.
« A cent milliers d'humains va demander du reste,
« S'ils aiment mieux périr par le fer ou la peste,
« Sans pouvoir se soustraire à la mort en commun,
« Que de vieillir ensemble à cent mille moins un.
« Tu me rapporteras leur réponse uniforme.
« La voici : Ma belle âme, à moins d'erreur énorme,
« Nonante-neuf-mille-neuf-cent-nonante-neuf
« De son cent millième un, aime mieux rester veuf. »

L'IMAGINATION.

Mon Dieu ! Mon Dieu ! Mon Dieu !

LA RAISON.

Finis tes patenôtres
Une tête tranchée en préserve dix autres,
Hypocrite ! Tu fais de la dévotion,
Comme tu fis tantôt de l'irréligion.

L'IMAGINATION.

Pour une cause sainte ?

LA RAISON.

Ou, pour mieux dire, impie.

L'IMAGINATION.

Mon Dieu!

LA RAISON.

L'infortuné qui dans ce monde expie
Les forfaits inconnus à son bras innocent,
Sur l'échafaud souillé du plus infâme sang,
Des martyrs a cueilli par avance la palme;
De la tempête humaine il passe au divin calme,
Et, *chrétien*, il est sûr de son éternité,
Ou Dieu dont je descends n'est plus la vérité.

L'IMAGINATION.

Tuez, tuez toujours, c'est la loi du massacre;
Dieu reconnaît les siens, et la mort les consacre!

LA RAISON.

Oh! quelle paraphrase!... et ta citation
Reste pourtant ici sans application.
Il s'agit des erreurs où parfois la Justice
Envoie, innocemment, l'innocence au supplice,
Non de massacres fous, où, brouillés *avec moi*,
Tes nombreux favoris se plaisent *avec toi*.
Tu vis d'illusion, et ton inconsistance
Ne distinguerait pas la suprême évidence.

L'IMAGINATION.

M'insulter!

LA RAISON.

Te connaître, et trop bien! Aux humains
Enseigne les beaux-arts, mais que tes faibles mains,
Suffisant à mener l'enfant, la femmelette,
L'homme à faible cerveau, le songeur, le poète,
Ne prétendent jamais aux rênes d'un Etat.

L'IMAGINATION.

Je saurais mieux que toi guider un potentat.

LA RAISON.

Des droits de ses sujets dépositaire libre,
L'Etat, tu le sais donc, les tient en équilibre;
A ce *Tout* social affamé d'équité
Il nepeut refuser une simple unité;
Quand il donne la loi, la règle, le principe,
Aux applications il sait que participe
L'homme avec sa démence ou ses égarements;
Il met entre ses mains les plus sûrs instruments,
Qui lui sont demandés au jour de la sagesse;
L'homme, au jour de folie, ou s'y tue ou s'y blesse:
Qu'il s'en prenne à lui seul d'une fatale erreur.
L'Etat pose un jalon, montre un chemin. Malheur
A l'aveugle y marchant sans me prendre pour guide!
De la peine de mort il fait le déicide!
A quelques innocents, par sa faute égorgés,
Donnons des pleurs amers. Dans le sang naufragés,
De la justice humaine ils forment une épave
Qu'en haine de mes droits, pour me couvrir de bave,
Le poète rhéteur feint d'arracher aux flots;
Mais, malgré l'art caché dans ses sombres tableaux,
Le navigateur rit, et toujours brave l'onde.
En vertu d'une loi qui pèse sur le monde,
Et le bien et le mal n'y sont pas absolus;
Ensemble au genre humain ils furent dévolus;
Ils sont dans les plateaux d'une même balance
Dont le niveau toujours offre une différence;
Celui du bien, souvent, par l'autre est enlevé.
Dans ce même plateau l'échafaud conservé
L'abaisse jusqu'au sol, en lançant au nuage
Celui du mal où pèse, en vain, plus d'un faux sage,
Et le sang innocent qui coule *par erreur*
Ne l'alourdit pas plus qu'un discours de rhéteur.

L'IMAGINATION.

Raison, tu ne connais ni pitié, ni clémence.
Tiens! je te hais.

LA RAISON.

Écoute, et profite en silence.
« Dans un État quelconque, au temps jadis, advint
« Que d'un roi trop clément un scélérat obtint,
« Pour un assassinat, le premier, grâce entière.
« Du sang le monstre avait la rage meurtrière.
« Dix-neuf assassinats — remercîment bien dû
« — Suivirent le pardon. Il fut enfin pendu... »

L'IMAGINATION.

Par un crime plus grand, plus effroyable! Achève.

LA RAISON.

Oui, mais, au nom du ciel, à tes clameurs fais trêve.
— « Le roi s'épouvantant à ce comble d'horreur :
« Il commit un forfait, » dit un hardi frondeur,
« Et Votre Majesté commit les dix-neuf autres.
« —Qu'entends-je? —En pardonnant, ils sont devenus vôtres :
« Si cet homme eût été justement immolé,
« Au premier, dix-neuf fois le sang n'eût pas coulé (1) ».

L'IMAGINATION, avec dédain

Pour prouver l'impossible, ô princesse des sages,
Tu fais des contes bleus.

LA RAISON.

De mes deux personnages,
L'un est LOUIS-QUATORZE, et, l'autre, MONTAUSIER.

(1) Dans la période de 1856 à 1865, on compte, année moyenne :
493 récidivistes sur 1,000 accusés de vols qualifiés ;
411 — — de coups et blessures envers les ascendants ;
402 — — d'assassinat.

L'IMAGINATION.

En ce cas, je ne puis assez m'extasier
De te voir aussi mal raconter une histoire,
Sans style, sans détails, sans le moindre accessoire
A peine commençant, t'arrêter aussi court !
Avec un tel sujet ! As-tu donc l'esprit lourd !

LA RAISON.

Je réussis bien mieux avec moins de paroles.
Et la peine de mort, ô princesse des folles,
En divaguant ainsi, tu la mets de côté ?
J'y reviens.

L'IMAGINATION (1).

Déplorable opiniâtreté !

LA RAISON.

Trois siècles ont passé. Du fond de l'Italie,
Où la férocité si fréquemment s'allie
A toutes les langueurs de son far-niente,
La Renommée en deuil au monde consterné
Annonce les forfaits d'un scélérat insigne,
Qui, parmi ses pareils, devenu le plus digne,
Pendant près de huit ans au bourreau dérobés,
Tint des peuples entiers sous la terreur courbés.

L'IMAGINATION.

Pitié pour moi, Raison ! Tu tournes au sublime.

LA RAISON.

Quelle enfance !

L'IMAGINATION, avec humeur.

Voyons ton histoire de crime !
Que fit cet homme enfin ?

(1) Suivent 52 nouveaux vers.

LA RAISON.

Allons donc piano.

Federico Aliano da Paterno (1)
Fit vingt assassinats; tenta quatre autres crimes,
Mais en vain; frappa, blessa vingt-neuf victimes,
En mutila plusieurs. Vingt-six extorsions,
Toutes s'accompagnant de séquestrations;
Trois vols à main armée, à récolte fertile
(Cinquante mille francs augmentés de trois mille);
Un viol; une sombre association
(Celle des malfaiteurs); une rébellion
Contre l'autorité trois fois renouvelée,
Complètent une liste, on peut dire *endiablée*,
Où cent treize forfaits prennent chacun leur tour.
Et tu remarqueras que ce monstre, en un jour,
Massacra sept enfants, plus un homme et deux femmes.
Trois enfants que manqua la plus sûre des lames
Survécurent brûlés. Leur bourreau triomphant,
La fièvre sanguinaire encore l'échauffant,
Les crut morts et s'enfuit. Mais l'échafaud en fête
Vint enfin réclamer son infernale tête.

L'IMAGINATION.

L'infortuné!

LA RAISON.

Vraiment! Des tués aux tueurs
Ta pitié se transporte? O perle des bons cœurs?

L'IMAGINATION.

C'est horrible, odieux; c'est atroce, effroyable;
C'est plus que satanique et plus qu'épouvantable;
C'est plus que monstrueux!

(1) Voir *Osservatore romano*, giovedi 19 agosto 1875. *Figaro*, 21 août 1875.

LA RAISON.

Ah! nous voilà d'accord :
Tu conclus cette fois à la peine de mort.

L'IMAGINATION.

A sentence mortelle il faut juge infaillible.

LA RAISON.

Encore un mot banal.

L'IMAGINATION.

Je conclus, impassible,
Aux circonstances...

LA RAISON.

Bah !

L'IMAGINATION.

atténuantes.

LA RAISON.

Bien !
La démence a dans toi son plus ferme soutien.

L'IMAGINATION.

Périsse l'univers plutôt qu'un seul principe.

LA RAISON.

Maxime où la sottise offre son plus beau type.

L'IMAGINATION.

Ces circonstances vont bientôt tarir le sang
Qui porte aux temps futurs un flot toujours croissant.

LA RAISON.

Des jurés la partie évidemment la moindre,
A ton extravagance heureuse de s'adjoindre,
Les voulaient accorder.

L'IMAGINATION.

O chers réformateurs,
O de tous les Etats savants conservateurs,
A vous de supprimer désormais les supplices...

LA RAISON.

Et de greffer ainsi les forfaits sur les vices.
Ne sois pas si féroce en ta bénignité.

L'IMAGINATION.

Tigres, honneur et gloire à votre humanité !

LA RAISON.

Miséricorde ! assez !

L'IMAGINATION.

Non, tu hais la clémence.

LA RAISON.

Elle est des potentats quelquefois la démence,
La faiblesse souvent, la vaniteuse erreur,
L'infirmité d'esprit, même le déshonneur;
(Ceux à qui Dieu donna les dignités suprêmes
Ont-ils jamais le droit d'en user pour eux-mêmes ?)
Parfois elle s'élève au crime social.

L'IMAGINATION.

Bois du sang, bois du sang !

LA RAISON.

Lieu commun trivial.
Dans l'intérêt de tous, j'en verse quelques gouttes,
Et toi, dans le tien seul, jamais tu ne redoutes
De le voir aux combats se répandre à torrent.

L'IMAGINATION.

Tu me l'as déjà dit — en te déshonorant
— Mais, malgré toi, ma cause avance dans le monde.

LA RAISON, continuant la phrase.

A ma plus vive joie. En désastres féconde,
Bientôt à mon profit elle réagira.

L'IMAGINATION.

Le jury m'appartient. Toujours il me suivra.

LA RAISON.

Non, bientôt des jurés la féroce indulgence,
Des malfaiteurs partout développant l'engeance,
Je te vaincrai. Mêlant dans des jurys moyens
Les fermes magistrats aux faibles citoyens,
La robe pour un tiers, le frac pour les deux autres,
De la pitié qui tue écartant les apôtres,
A la magistrature, en attribution,
Des peines confiant l'atténuation
Enlevée au jury qui follement en use,
Je pourrai m'opposer aux pardons sans excuse.
Gardant au souverain, suprême justicier,
Le droit de commuer, le droit de gracier,
Soumettant tout arrêt où la mort joue un rôle
A son OBLIGATOIRE et bienfaisant contrôle,
Combattant la faiblesse où l'Etat se dissout,
Mettant ainsi la règle où le caprice est tout,
Où la philanthropie exerce son ravage,
Où chacun d'un serment sans honte se dégage,
Je rendrai la lumière à d'aveugles esprits
Qui se sont trop longtems de sottises épris.

L'IMAGINATION.

Tigres, honneur et gloire...

LA RAISON, interrompant.

Y revenir encore !
Peut-on s'éprendre ainsi d'une phrase sonore ?

Pauvre fille !... Et je vais cependant t'imiter :
Au moment de finir, je vais me répéter.
— La première moitié du beau siècle où nous sommes
Vit périr, rien qu'en France, un... deux millions d'hommes,
Ses plus dignes soldats, envoyés au trépas
Dans ces guerres où, moi, je n'applaudissais pas.

L'IMAGINATION, interrompant.

Tu hais la guerre. Un peuple assez vil pour te croire
Courrait à l'esclavage, à la mort dans l'histoire.

LA RAISON.

Toujours exagérer, ou te mettre en plein faux !
Je la hais (c'est très-vrai) plus que les échafauds :
Mais pourtant la préfère immédiate, affreuse,
Aux maux futurs, plus grands, d'une paix tout heureuse.
Si j'en plains les excès, toi, pour des malfaiteurs,
Justement châtiés, tu réserves tes pleurs !
— A ces deux millions (1) de si pures victimes
Quinze cents s'ajoutant, après d'horribles crimes,
(Une seule pour mille) ont sauvé du poignard
Quinze mille innocents. Tiens ! enlevons ton fard ;
Que l'on te voie à nu ! Par ta vaine faconde,
Par tes sonorités, tu fatigues le monde ;
Tu plains les assassins, mais chaque assassiné
A de justes mépris te semble destiné !
Cependant je combats, et j'aurai la victoire.
De la sottise, enfant, le rôle transitoire
M'est d'un puissant secours. En exaltant le mal,
Du bien elle est l'étape, et son règne fatal
Sera suivi du mien. Bientôt d'un rire immense

(1) Je suppose, *en nombres ronds*, trente millions d'habitants en France pendant ces cinquante ans. Un exécuté par million en donnera trente par année, ou quinze cents en cinquante années. La moyenne de trente millions, qui ne comprend pas les accroissements temporaires de la France sous le premier empire, est peut-être un peu faible.

Le monde saluera l'ancienne extravagance;
Comme nécessité, les supplices admis
Dans les malfaiteurs seuls auront des ennemis (1).
— Veux-tu pourtant savoir le nombre ridicule
Où l'on voit abaissée avant qu'elle s'annule,
La chance d'échafaud pour tes amis tueurs....

L'IMAGINATION, interrompant.

Neuf sur dix ?

LA RAISON, raillant.

Un peu plus.

L'IMAGINATION.

Sur vingt ?

LA RAISON.

Nombres menteurs!
— Un sur cent vingt huit (2).

L'IMAGINATION.

Bien! Vive la statistique!

LA RAISON.

Veux-tu savoir où tend l'ambition cynique
De tous les criminels experts dans le forfait ?

L'IMAGINATION.

A la prison?

LA RAISON.

Au bagne, adorable en effet,
Dans Cayenne, et surtout, dans la Calédonie,
Où la gent malfaisante est doucement punie,
Par quelque liberté, par des soins assidus,
De crimes qui jadis illustraient les pendus.

(1) Suivent 12 nouveaux vers

(2) Journal *Le Figaro* du 21 mars 1877, article *Ignotus*. Je n'ai pas eu le temps de contrôler, au ministère de la justice, l'exactitude de ce renseignement; je l'ai accepté de confiance, parce que, en remontant aux sources italiennes, pour celui que le même journal a donné sur *Federico Aliano da Paterno*, je l'ai trouvé de la plus complète vérité.

L'IMAGINATION.

Tigres, honneur...

LA RAISON, interrompant avec vivacité.

Toujours! Ah! tais-toi, malheureuse!
Tu me pousses à bout. Ta thèse généreuse
Est celle des esprits où vit le sentiment,
Où, toujours méconnu, meurt le raisonnement,
Où, de la vérité redoutant la victoire,
De parti pris d'avance, on la rend illusoire.
Empêchant le bon sens de jamais t'approcher,
Dans la discussion faisant course au clocher,
Mais du faux demeurant l'inébranlable apôtre,
Tu vas par sauts, par bonds, d'une argutie à l'autre.
Sortant de mon domaine, à la religion,
Où tu voulais fonder ta folle opinion,
J'ai pris les arguments que tu choisis toi-même,
Et j'en ai fait jaillir ta défaite suprême :
Mais tu me la nieras. De l'absurde avec toi
Le poëte subit, docilement, la loi;
Dans la nue élancé, son vers y vagabonde,
Et l'œuvre qu'il décore y périt inféconde.
Ton magique pouvoir, trop souvent triomphant,
D'un homme, d'un vieillard, fait, au plus, un enfant...
Las! un enfant terrible, en constante révolte,
Qui joue avec le feu, le poison, qui récolte
Les applaudissements du pauvre genre humain,
Lorsqu'entouré de flamme il y met de sa main,
En suprême bienfait, l'incendie ou la peste,
Et donne aux plus grands maux une couleur céleste;
C'est par toi que s'accroît le peuple d'esprits mous
N'osant plus pour le bien frapper de justes coups;
C'est par tant de faiblesse et de bonté perfides
Qu'au bagne on peut ouvrir un club de parricides,

Qui, tout couverts encor du sang de leurs auteurs,
Y reçoivent parfois des pardons pleins d'horreurs !

(S'animant de plus en plus.)

— Je te ménage encor, mais, bien loin qu'il s'apaise,
Mon courroux va croissant. — Ta généreuse thèse
Est celle des esprits égoïstes, malsains,
Qui, pour jouer un rôle, emploient les assassins,
Non comme épouvantail, mais comme leurs comparses.
De la société les ruines éparses,
Quand ils l'auraient conquise, à ces démolisseurs
Formeraient piédestal au milieu des splendeurs,
Des adorations, des poétiques fêtes...
Non. Ils y laisseraient, et les premiers, leurs têtes,
Châtiés par les fous et par les scélérats
Qu'ils auraient déchaînés, qu'ils trouveraient ingrats,
A l'heure où leur servant, dans l'État, de pilotes,
Ils leur apparaîtraient en porteurs de marottes (1).
Tiens ! pour te conquérir la popularité,
Et les abjections d'une fourbe bonté,
Tu soutiens une thèse au profit des eunuques
Qui perdent les États à leurs heures caduques.
Tiens ! Sympathique au mal, si tu peux espérer
Qu'il te soit un moyen de te faire admirer,
Par l'abolition du suprême supplice,
Tu serais des bandits, et sciemment, complice.
Tiens ! de la probité blessant, tuant la loi,
Tu soutiens une thèse où meurt la bonne foi !

(1) Suivent 8 nouveaux vers.

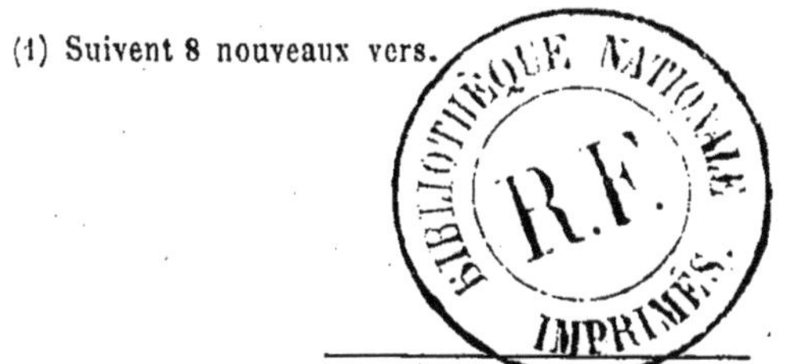

PARIS. — IMP. VICTOR GOUPY, RUE DE RENNES, 71.